たちと縁結び

李丘那岐

幻冬舎ルチル文庫

CONTENTS ✦目次✦

狼たちと縁結び

✦イラスト・駒城ミチヲ

✦カバーデザイン＝久保宏夏（omochi design）
✦ブックデザイン＝まるか工房

狼たちと縁結び

宿世の縁　邂逅

この道はいつか来た道――そんな一節が、不意に脳裏に浮かんだ。

昼も薄暗い山道。木漏《こも》れ日がキラキラとつづら折りの道の上で遊んでいる。道幅が狭いので注意が必要だが、こういう道を運転するのは好きだ。だから気分転換に山道を走ることはあるのだけど、この道は初めてのはず。でも、いつか来た道――ずっとそんな気がしている。

山道なんてどこも似たようなものだと言ってしまえばそれまでだけど。

「お、公《きみ》ちゃん元気出てきた？　鼻歌出てるよ。落ち込んでたもんね、間男呼ばわりされたって」

後部座席に座っていた若い女が、運転席に顔を近づけて言った。

「優美《ゆみ》、それ言わないで。忘れかけてたのに」

駒田公比古《こまだきみひこ》はハンドルを握ったまま少しばかり項垂《うなだ》れる。

「間男？　公比古が？　ありえねえ」

助手席の男が怒ったように言った。

車の中には男二人、女二人。全員が高校の時の同級生で、二十四歳になる今までなんとなく腐れ縁が続いている友達同士だ。

「ありえないわよねえ。公ちゃんが人のものを取るなんて。それもお客さんよー。ないない。でも公ちゃん優しいから勘違いされちゃうのよね。こいつ俺の女に気があるんじゃねえ？なんて。女に優しくできない男はそれを男らしさみたいに言い訳するけど、女が優しい男に惹《ひ》かれるとあたふたするのよ、みっともないったら。優しくできないならせめて堂々としてろっての」

「優美、私怨ありありだな」

人の後頭部に向かってぶちまけた優美に、公比古は苦笑する。優美は黒髪ストレートの美女で、男からの誘いも多いが、付き合ってもあまり長続きはしなかった。

「男なんて……」

「まあまあ押さえて優美ちゃん。公ちゃんは結婚を考える女性にはモテるタイプよね。優しくて誠実で穏やか。声を荒らげて怒ってるところなんて見たことないもの」

優美の隣に座っていたふわふわした髪の女が、にこにこしながら言った。

「公比古は高校ん時から、地味だけどなにげにモテてたよなあ。まあ俺の方がモテたけど」

「えー、達也《たつや》それ勘違いだから。モテてたんじゃなくて、遊ばれてたのよ、あんた」

自慢げに言った達也の鼻を、優美が容赦《ようしゃ》なくへし折った。

「は？　ふざけんなよ、おまえ。俺は遊ばれてなんて……」

最後まで言い返さなかったのは、思い当たる節があったのか。嘘《うそ》のつけない男ではある。

「まあ、お互い様だったんでしょうけど？　いきがって遊び人を気取ってた達也と、見た目通りに真面目《まじめ》で優しい公ちゃんが、なんで仲がいいのか。不思議だったのよねえ」

優美は運転席の公比古と、助手席の達也を見比べて言った。

公比古は見るからに害がなさそうだった。黒髪、ショートカット、中背で細身、自己主張の少ない顔立ち。睫毛《まつげ》は長いが、一重のせいかそれも見立たず、鼻梁は細くて、唇は普通のピンク色。笑うと目尻《めじり》が下がるのがチャームポイントと言えなくもない。

人に警戒心を与えない容姿は、ブライダルコーディネーターという職業には向いている。が、笑顔で優しく接客した結果、妻となる女性を誘惑したと誤解されてしまった。もちろん公比古にその気はなく、女性も呆《あき》れていた。

達也は見た目だけなら危険そうだ。公比古より五センチほど背が高く、体格はかなりがっちりしていて、目つきもよくない。高校時代は茶髪でチャラついていたが、今は黒髪短髪の真面目な公務員。実際は優しい男だ。

「俺と公比古は赤い糸で結ばれてるんだよ。性格とか見た目とか関係ねえの」

達也のその言葉に公比古はドキッとした。達也がどうこうということではなく、糸という言葉に反応したのだ。

「赤い糸ってそれ、運命の男女に使うものだから。あんた結婚してるじゃん。赤い糸は奥さんと結ばれてるんでしょ」

「奥さんと、ねえ……。じゃ、公比古とは黒い糸ってことで」

「黒い糸ってそれ不吉すぎるから。あー、でも、達也って公ちゃんに取り憑《つ》いてる悪霊みたいって思ってたのよねえ。ぴったりかも」

「おまえは俺をなんだとっ」

「悪霊退散。公ちゃん逃げてー、今すぐ糸切っちゃってー」

公比古は三人がわーわーと盛り上がっているのを笑顔で聞いていたが、考えているのは違うことだった。

優美と、その隣に座る留美《るみ》とは、キラキラ光る糸で繫《つな》がっている。運命の赤い糸は小指と小指を結んでいるというが、双方の胸の辺りから出ている糸は、赤でも黒でもなく、無色でただキラキラと輝いていた。それは触れない糸。そして、公比古以外には見えない糸。

二人の繫がりが強いほど、糸は輝きを増し、太く見える——というのが、幼い頃から見てきた公比古の結論だった。性別や年齢は関係ない。家族、友達、恋人……繫がりの種類も関係なかった。

この車内で見えているのは優美と留美を繫ぐ糸だけ。幸か不幸か、自分と繫がる糸は今まで一度も見えたことはない。予知能力者が自分の未来は予知できない、というのと同じようなものだろうと思っている。

特別に強い繋がりでなければ、糸として見えないから、今まで誰とも繋がっていなかったという可能性もないではない。

親友の達也とは繋がっていると思いたいが、その達也にも、糸が見えるなんてことは話していない。子供の頃に言っておかしな奴《やつ》扱いされてから、誰にも言わないと決めた。言ったところでなにもいいことなどないから。

「公ちゃん、ごめんねー。せっかくの休みに車出させちゃって」

黙っている公比古を見て、機嫌を損ねたとでも思ったのか、留美が謝ってきた。

「いいよ、休みっていっても家で仕事してるだけだし。たまには気分転換も必要だから」

公比古は笑顔で言った。

「公比古がいつもニコニコ笑ってなんでも請け負うからって、おまえらはいいように公比古を使いすぎなんだよ」

「うるさいわね、達也は。今から行く神社、縁結びの神様だから、公ちゃんもそろそろ彼女欲しいかなーと思って誘ったんじゃない。そしたら、優しい公ちゃんが車出してあげるって言ってくれたのよ。結婚してるあんたはお呼びじゃないんだけど、なにしに来たの？」

「見張りだ。人のいい公比古がおまえらに使い倒されないように」

「あんた小舅《こじゅうと》!? 友達でこれじゃ娘は大変でしょうね。デートにパパがついてくるわよ」

「行かねえよ。うちは放任主義だから」

「嘘ばっかりー」

達也と優美がマシンガンのように喋《しゃべ》るから、公比古と留美はニコニコ笑いながら聞いていることが多い。

「なんか、隠れ家的な神社なんだって。でも御利益《ごりやく》あるって噂《うわさ》なの。口コミで。公ちゃんも彼女欲しいでしょ？　別れたのって、もう一年くらい前？」

「二年くらい経つけど……俺はいいよ。仕事が忙しいし、楽しいし。優美たちは頑張って。いい人が見つかったら、俺に結婚式のプロデュースを頼んでくれるんだろ？」

「もちろんよー。持ちつ持たれつね。やっぱりあんたは邪魔よ、達也。公ちゃんだってね、案外ちゃっかりしてるんだから」

公比古はイベントプロデュース会社に所属するブライダルコーディネーターだ。ウエディングプランナーともいわれ、結婚式を式場選びからすべて客の好みに沿ってプロデュースする仕事。昨今は結婚式をしないというカップルも多いが、結婚式に凝《こ》りたいというカップルもけっこういる。とはいえ、絶対数が少ないので客が多くて忙しいということはない。

公比古が家でも仕事をするのは、客のリクエストに応《こた》え、それ以上のものを提供するため。調べ物をしたり、細かい物を作ったり、アイデアをひねり出したりしている。貧乏暇なしを地で行くような仕事だが、楽しいしやりがいもあった。

土日はだいたい仕事なのだが、今日は珍しい日曜の休み。しかし日曜だからといって特にすることはなく、いつも通り家で仕事をするつもりだった。優美に誘われて二つ返事で出てきたのは、家に籠《こ》もって仕事のことばかり考えていては、頭も凝り固まってしまうから。息抜きも必要だし、広い視野も必要だ。そしてなにより、山と神社が好きだから。

達也は心配してくれるが、人がいいから使われてるというわけではない。ただ、誘われたのがあまり気乗りしない場所だったとしても、断らなかっただろう。

人の役に立てるのは喜びなのだ。だから仕事も楽しい。

「なんかお腹空いちゃったなあ。コンビニでなにか買っておけばよかった」

「あ、腹の足しになるかはわからないけど、俺のバッグに飴《あめ》が入ってるよ。お客さんにもらった新婚旅行のお土産《みやげ》なんだけど、食べる？」

公比古は助手席の達也に預けていたバッグを指差して言った。

「わー、食べる食べる！」

三人はバッグから取り出した赤茶色の飴玉を口に入れ、途端に顔をしかめた。

「なにこれー、すんごいまずいんだけど。なんか生臭いし」

公比古もひとつ口に入れてもらい、舐《な》める。

「猪鍋《ししなべ》味の飴だって。まあ変わった味だけど……これはこれでイケるだろ？」

「全然イケないよー。ネタ土産でしょ、これ。公ちゃんって本当、味覚おかしいよね」

「そうかなあ、こういうものだと思って食べれば、わりと美味《おい》しいと思うんだけど」

「おまえはなんでも受け入れるよな……食い物も、人も」

達也は呆れたように言った。

「なんでも、じゃないよ」

公比古だって、まずいと思うことはあるし、好きになれない人もいる。でもその頻度はかなり少ないので、人より許容範囲が広いのは確かだろう。

細い道を突き当たりまで走ると、そこが神社の駐車場だった。

「本当に隠れ家的……というか、寂れてるよね。駐車場は広いけど」

駐車場という表示がなければ、大きな常緑樹に囲まれた、ただの広場だった。あちこちに雑草が生え、舗装どころか区画分けのラインさえない。車は一台もなく、どこにでも停め放題だった。

一番奥まったところに車を停め、朽ちかけた案内板に従って、小道に入る。生い茂る南天の枝を避けながら進めば、目の前が急に開けて、古いがわりと立派な神社が現れた。

駐車場に繋がっているのは側道で、参道の脇に出た。本道は麓《ふもと》から急斜面を階段で上がって、大きな鳥居をくぐり、敷石の参道を真《ま》っ直《す》ぐ拝殿に向かう道。参道の脇には手水舎《ちょうずや》があり、小さな社務所のような建物もあったが、人のいる気配はない。

常駐している神主《かんぬし》はいないようだ。氏子《うじこ》が守っているのだろうが、深い山の中腹に建っている神社なので、近所の民家もかなり離れている。管理や手入れをするのは大変だろう。

境内《けいだい》には大きな木が何本もあり、天然記念物に指定されていると看板が立っている。太く真っ直ぐな幹の銀杏《いちょう》の木は、葉も落ち、天を刺すように細い枝を空に向かって伸ばしていた。

「へえ、意外にちゃんとした神社なのね。でもお守りはなさそう、残念」

「おみくじはあるよ。あ、絵馬もある！」

境内がきれいなのは、正月を過ぎたばかりだからかもしれない。新年を迎えるに当たって清掃したのだろう。初詣《はつもうで》にはそれなりの人出があったのかもしれないが、一月半ばの日曜日の午後、境内には人っ子ひとりいなかった。

片隅に立てられた看板に、勧請《かんじょう》されたのは千年以上前、勇猛さで知られた皇子《みこ》が、西国での竜討伐を果たした帰りにこの山に立ち寄り、国生みの夫婦神《めおとがみ》を祀《まつ》った、と記されていた。五穀豊穣、無病息災、夫婦和合に御利益があるらしい。

「縁結びとは書かれてないけど」

公比古がつぶやくと、隣に立っていた達也も看板をちらりと見て、

「いいんじゃねえの。信じる者は救われるんだろ」

と言った。女子二人は楽しげに手水舎で手を洗っている。

「まあ……いいか」

御利益を信じているというより、御利益があるといわれる場所に行くことが楽しいのだ。

彼女たちの前では、神社もテーマパークも大差ない。

公比古は神社の空気が好きだった。身が引き締まるようで、ホッと落ち着くようで。ちゃんとしたいから、鳥居の方へわざわざ回って入り直した。正面から見ると、緑深く美しい形の山が社殿の背後に鎮座し、ここに神社を建立《こんりゅう》した人の気持ちがわかるような気がした。

手水舎で手を洗い、バッグからハンカチを取り出すと、飴の袋が落ちた。拾い上げた時に視線を感じて周囲を見回したが、自分たち以外に人の姿はなかった。三人はすでに拝殿に向かっていて、こちらには背を向けている。

気のせいか……と、公比古もお参りをするために参道に戻った。石が敷き詰められた幅一・五メートルほどの参道。それを横切ってキラキラ光る糸が浮いている。まるでゴールテープのように、目線より少し低いくらいの高さで、左右にピンと張られている。

その右端を目で追えば、狛犬《こまいぬ》の中に消えていた。左端も同じく狛犬の中。こんなに太く輝く糸は初めて見た。

それをじっと観察していると、三人が振り返って怪訝《けげん》な顔になる。

「どうした？　公比古」

「え？　あ、いや……この狛犬って珍しくない？」

糸のことは言えず、狛犬を指さして言った。

「珍しい？　なにがー？」

　三人は階段を下りて左右に分かれ、狛犬に近づく。台座の前に立って狛犬の顔を見つめる留美の身体《からだ》を糸は突き抜けている。あんなに太くてもやっぱり誰も見えていない。

「狛犬って普通、獅子《しし》じゃない？　ぐるぐるの巻き毛で、もっとどっしりした感じの」

「あー、そう言われてみればそんな気もする。へえ、狛犬って犬じゃないんだ？　でもこれは犬だよねえ」

「たぶん……狼《おおかみ》だと思う」

　神の眷属《けんぞく》の御犬様は狼のことを差す、という知識もあるにはあったが、なんとなくこの狛犬を見た瞬間に「あ、狼だ……」と思ったのだ。

「えー⁉　狼ってこんなだっけ？　もっとなんかこう、ガーッて厳《いか》つい感じだと思ってた」

　優美が爪《つめ》を立て、牙《きば》を剝《む》く真似をして言った。確かにこの狛犬は瘦《や》せぎすの犬という感じで、狼の獰猛《どうもう》さや威厳のようなものは見当たらない。とはいえ、公比古も狼を見たことはないので、すべてイメージだ。実際の狼はこの狛犬のようであったかもしれないし、これは狼ではないのかもしれない。

「うん、まあ……違うかも」

　公比古にとって重要なのは、これが狼かどうかということより、狛犬から糸が出ているということだ。

狛犬にも強い絆《きずな》というものがあるのか。

夫婦であっても見えないことはあるし、時にペットと飼い主の間に見えることもある。どの程度の強さだと見えるのか、そもそもこれは本当に絆なのか、なぜ自分にだけ見えるのか、わからないが誰にも聞きようがない。

糸を目で追って、もう一度狛犬に目を向けると、その目がギロッとこちらを見た。

「え⁉」

驚きすぎて声が出た。一瞬、確かに目が合った。

「どうした、公比古？」

「いや、今、狛犬の目が動いた、気が……」

達也の問いに思わず素直に答えれば、気の毒そうな顔で見られる。右肩をポンポンと叩《たた》かれた。

「公比古……帰りは俺が運転してやる。少し休め」

「公ちゃん、働き過ぎよ。疲れてるのよ」

留美にも労《いたわ》るように言われて、本当に動いたんだ、と主張し続けることはできなかった。

確かに目玉が動いたように見えたのだが、今はただの風化した石にしか見えない。白っぽい苔《こけ》が生えているだけ。光の加減でそう見えたのか。

溜息をついて狛犬に近づき、その足を撫《な》でてみた。ザラザラした手触り。やはりただの石の塊《かたまり》だ。

狛犬の正面に立ち、思い立って猪鍋飴をお供《そな》えしてみる。狼なら猪肉の味を喜ぶんじゃないかという安易な思いつきだった。

「なにやってんの、公ちゃん。そんなまずいのあげたら罰《ばち》が当たるわよ。それに蟻《あり》が来るんじゃない？」

「あ、そうか。じゃあお参りしたら回収して帰るよ」

小袋に入ったまま供えたのだが、時間が経てばゴミになってしまうのも確かだ。

公比古は糸を切るようにして進み、参拝を済ました。振り返ればやっぱり狛犬と狛犬を結ぶ糸が見える。

狛犬に近づいて、供えていた飴を手に取った。

「もう食べたかな。美味しかったでしょう？」

話しかけたのは、またこちらを見るのではと、かすかに期待したから。元々とても犬好きで、特に大きな犬が好きなのだが、なぜか犬にはあまり好かれない。なにもしていないのに逃げられてしまうこともある。

だからできるだけ近づかないようにしているが、本当はものすごく撫でたいし、懐いてほしい。石ならば逃げられはしないと、狛犬の口元に飴をくっつけて笑いかけてみた。

すると指をペロッと舐められた。

「わっ⁉」

飴を手放し、指先を手で押さえて後ずさる。

「なになに、今度はどうしたの？」

「え、あ、えっと……なんでもない」

舐められたとはとても言えず、首を横に振る。指を確認してみるが濡《ぬ》れてはいなかった。

幻覚……幻触覚？　ざらりとした舌の感触まであったのに。

「公ちゃん、なんか顔赤いよ？　本当に大丈夫？」

「大丈夫なんだけど……疲れてるのかな……」

我ながらちょっとヤバいかもしれないと思った。狛犬と目が合って、しかも舐められたなんて……。

「公比古、帰りは是非とも俺に運転させてくれ。おまえは助手席で寝てろ」

達也に肩を抱き寄せられ、笑顔でやんわり遠ざける。

「大丈夫だよ」

達也に抱かれた肩より、舐められていないはずの指先の方が熱くて、なんだかジンジンしている。その感覚を握《にぎ》り潰《つぶ》すべく、反対の手でギュッと指を強く握った。

「はい、飴。公ちゃんしか食べないんだから、ちゃんと持って帰ってね」

「あ、うん、ありがとう」

飴を優美と留美が回収して渡してくれた。受け取ってバッグにしまう。

帰りは結局、達也が運転した。大丈夫だと言ったのだが、三人に押し切られた。心配してくれているようなのを無下にもできず、おとなしく助手席に収まる。

狛犬の目が動いたなんて言われたら、自分だって帰ってゆっくり休めと言っただろう。疲れというのは自覚もなく溜まってしまうものなのかもしれない。窓の外の緑を見つめ、深呼吸をしてみる。

人の心配をするのは得意だが、心配されるのは苦手だ。人を支えるのは苦にならないが、支えてもらうと居心地が悪い。元気でいないと自分の好きなように生きられない。

今日は帰ったらすぐに寝ようと心に決める。

しかしまだ指先がジンジンしている。なぜかわからないけど、それは変に胸を揺さぶるもので、なんとなくすぐに寝つくのは無理のような気がした。

三人に食事まで奢《おご》ってもらい、居心地の悪いまま家に帰りつく。やっぱり人に気遣われるのは慣れないし疲れる。嬉しくもあるのだが。

寝るには若干早い時間だったが、今夜はもう仕事には手を出さず寝てしまうことにした。

風呂に入ってゴシゴシ洗うが、指のジンジンはちっとも収まらなかった。それどころか血流がよくなったせいで一層ジンジンしてきた気がする。

「どうなってんだ、これ……」

湯船に浸かって指を見る。見た目にはなにも変なことはない。小さな棘《とげ》でも刺さっているのかと目を凝らしたが、やっぱりなにもなかった。

一瞬だったが、本当に、ざらっと舐められた感触があったのだ。そんなことはありえないと頭ではわかっているのだが……。

指をさすっていたら、なぜか身体が……特に下半身が熱くなってきた。

このジンジン痺《しび》れる感じは、性的な快感に似ていると気づいていたけど、気づかないふりをしていた。友達といるのにひとり変な気分になるわけにいかなかったから。

それでも顔には出ていたようで、熱があるんじゃないかと心配され、なおさら申し訳ない気分になった。

こういうのは出してしまえば収まる。さっさと出して、さっさと寝てしまえば、きっと朝にはケロッとしている。

指をさするのをやめ、その指で股間に触れた。ジンと小さな快感を得た瞬間、ピンポーンとインターフォンが鳴った。

ビクッと手を引っ込め、立ち上がろうとして転びそうになる。バスタブの縁《へり》を摑《つか》んで身体を支え、息を吐き出した。

——焦りすぎだ、落ち着け。見られたわけじゃないんだから。

あまりにタイミングがよすぎて、覗《のぞ》かれたような気分になってしまった。

バスタオルで身体の水気を拭《ふ》き取りながら、インターフォンのカメラを確認する。誰も映っていなくて、留守だと思って帰ってしまったのかと、公比古も風呂に戻ろうとした。

「公ちゃーん、いるよねー？　開けてー」

ドンドンとドアが叩かれて驚く。確認してもやはりカメラには誰も映っていない。死角に入っているのか。慌ててTシャツを被り、ジャージのズボンを穿《は》いて、よく確かめもせずにドアを開けた。名前を呼ばれたので知り合いだと思ったのだ。

「いたいたー。お風呂入ってたの？　濡れてるよ」

見たことのない茶髪の美形に前髪を抓《つま》まれる。白く長いきれいな指。遊び人っぽくラフにまとめられた少し長めの髪は、美しい顔によく似合っていた。薄茶色の瞳。高い鼻梁。薄いピンクの大きめの口。日本人っぽくもあり、西洋人のようでもある。着ているのは今風のシャツとジーンズなのだが、薄く微笑《ほほえ》んでミステリアスな雰囲気を漂わせている。

その背後には闇《やみ》に溶け込むような黒髪の男前が立っていた。無表情、無愛想、長めの前髪から覗く、鋭い瞳の虹彩《こうさい》はグレー。闇の中でその目だけが光っているように見えて、野生の獣に狙われているような気分を味わう。ざんばら髪で着飾らない野武士といった雰囲気。

二人に共通するのは、一度見たら忘れないだろうほどの顔とスタイルのよさだった。

公比古は人の顔を覚えるのが得意な方だけど、二人にはまったく見覚えがない。だから会ったことはないはずだ。

「えっと……どちら様、ですか？」

顔を引いて髪から手を外させ、戸惑いながら訊《たず》ねる。

「僕らは神様のお使いでーす」

公比古は二秒ほど動きを止め、「間に合ってます」と、ドアを閉めようとした。しかし、茶髪の男が素早く身体を滑り込ませて、それを阻止した。

「ちょっとちょっと、ひどくない？　その対応」

「宗教の勧誘はお断りします。神様とか信じてないので」

「えー、神社にお参りに行ったくせに。楽しく仕事が続けられますようにって、熱心にお願いしてたじゃない。信じてないのに祈ったの？」

「え……」

確かにその通りだった。縁結びならば仕事との縁を結んでもらおうと、ずっと仕事が続けられるよう願った。しかしもちろん口には出していない。誰にも言っていない。それをなぜ、この得体の知れない男が知っているのか。

「おまえ、これが見えるんじゃないか？」

後ろにいた黒い男が出てきて、茶髪の男の隣に立ち、二人を結んでいる糸を抓んで揺らしてみせた。それは昼間、神社で狛犬を繋いでいたのと同じくらい太いキラキラした糸だった。

「え？　え？　摑める？」

公比古も摑もうと手を伸ばしてみたが、やはりすり抜ける。

「見えているが、見えるだけ、か……」

黒髪の男は若干残念そうに言い、品定めするような鋭い瞳を公比古に向ける。

「上等でしょ。いくら血が濃いっていっても、千年だからね。力は薄れて当然。残ってるだけでもすごいよ」

茶髪の男は優しい笑みを浮かべ、愛《いと》しいものを見るような目で公比古を見た。

「なにを仰《おっしゃ》ってるのか俺にはさっぱり……。じゃ、失礼しまーす」

これはどうやら、ただの宗教の勧誘ではない。だからこそ関わり合いたくない。これ以上話をするのは危険と、早々に二人を追い出そうとした。

しかし、両側から両腕を取られ、ひょいと持ち上げられた。公比古は細身だが、身長は百七十五センチ近くある。それを軽々と持ち上げて歩きだす。

「立ち話もなんだから、中で話そうか。お茶とか……あ、僕はコーヒーがいいな。あれ好き」

足が浮いて公比古はじたばたするが、まるで意に介す様子もない。身長は二人とも公比古より十センチほど高いが、筋骨隆々というタイプではないのに、ビクともしない。

「俺は茶でいい。もしくは酒」

二人はちゃんと靴を脱いで上がり、口々に勝手なことを言った。

「ちょ、ちょっと、なに勝手に上がり込んでるんですか⁉　お茶なんて出しませんよ、警察を呼びますよ！」

短い廊下を運ばれながら叫んでみたが、二人はリビングに入ると公比古から手を離し、茶髪はソファに、黒髪は床に、それぞれ落ち着いてしまう。

「ちょ、ちょっと、なんなんですかあなたたち。出ていってください」

「まあまあまあ、害はないから。きみはそういうの、なんとなくわかるでしょ？　このまま追い出したらずっと気になっちゃうと思うけどなあ」

確かに、なんとなくだが二人が危険ではないと感じる。理屈で考えれば危険な不審人物に違いないのだが。

しかし大体こういう勘は昔からよく当たる。理詰めで考えた方が間違っていることが多い。それに、追い返したらずっと気になるというのも、たぶんその通りだろうと思えた。

用件を聞いてみたいが、あまりにも胡散《うさん》くさかった。

公比古がこの１ＬＤＫのアパートに住み始めて二年ほどになるが、駅から近いこともあって、終電を逃した友達に押しかけられることは珍しくなかった。だから突然の来客には慣れている。しかしもちろんみんな知り合いだ。

追い出すべきだと理性は言うが、なぜか切迫した感情は生まれず、すっかりくつろいでいる二人は動きそうにもなくて、公比古は溜息をついた。

「話を聞くだけですからね。終わったらすぐ出ていってもらいますから！」

公比古は喧嘩腰《けんかごし》に言いながら、なぜかコーヒーとお茶を入れていた。それをローテーブルに置く。

「公ちゃんさー、チョロいね、とか言われない？」

「は？」

「あー、怒らないで。親切で優しいねって意味だから。危機感が薄いのは、ご加護があるからかな」

にっこり微笑んだ顔に、そんな場合でもないのに思わず見惚《みと》れてしまった。きれいな顔だ。公比古が今まで見た中で、一二を争う美形。そして本当に優しそうに笑う。しかし言ってることはよくわからない。

黒髪の方は胡座《あぐら》を掻《か》き、無言で茶をすすっている。

「なんで俺の名前を知ってるんですか？」

不審だし失礼だが、知らない人には一応敬語を使う。年齢的には自分より少し上くらい、二十代後半に見えた。

「女の子たちがそう呼んでたでしょ？　男は公比古って呼んでたっけ」

「あの神社にいたんですか？」

「いたよ。目が合っただろ、ばっちり」

言われてもまったく思い当たらない。人はいなかったはずだ。ましてやこんな美形……。

「俺は指を舐めてやった」

黒髪の男の言葉に公比古は固まった。

確かに、目が合ったと思ったし、指を舐められたと感じたけど、その相手は犬の形の石の塊だった。あれが見間違いでも勘違いでもなかったと言われても、あーよかった正常だった、とは思えない。疲れのせいの方がマシだ。

「舐めた？」

「舐めた。あの飴もなかなか美味だった。ちゃんと舐めさせろ」

「飴を？」

「指でもいいが？」

初めて黒髪がニヤッと笑った。公比古は慌てて指を隠す。狛犬に舐められた指を。

「どういう……どういうことですか。まさか自分は狛犬だとでも言うつもりですか……」

「そうです、僕らは狛犬です。神様の使い、神使《しんし》ってやつ。神獣とか眷属とか言われることもあるけどね」

「あの石は俺たちの寝床だ。飴をよこせ」

公比古は混乱しながら、バッグの中から飴の袋を取り出してテーブルの上に置いた。二人ともそれを舐めはじめる。友人たちには不評だった飴を美味しそうに舐める。実はこれをもらいに来たのではないか、と思うくらいに。

「じゃあ、百歩譲ってあなたたちが狛犬だとして、なぜ俺のところに？　飴をもらいにきたのなら、それ全部持っていっていいから」

それで帰ってくれるならありがたい。変な夢を見ている気分だ。寝ているつもりはないけど、夢の中にいる時はそんなものだろう。

「もっと訊《き》きたいことがあるんじゃない？　これはなんなのか、とか」

茶髪はそう言って、糸を摑んで揺らした。

「あ、それは……訊きたい」

まかれた餌《えさ》にあっさり食いついてしまう。

「話してあげるから、ここに座って」

茶髪の男は公比古の腕を引いて、自分が座っているソファの横に座らせた。公比古の左に茶髪男。右下に黒髪男。

「僕は愛介《あいすけ》、こいつは幣介《へいすけ》。狼だ」

端的な自己紹介。まるで、弁護士だ、とか、二十歳《はたち》だ、みたいな調子で、狼だ、と言われた。

「狼って……」

どう受け取ればいいのか。今目の前にいる二人は、どこからどう見ても人間だ。

「あれ？　きみは自分で僕らのことを狼だって言ったじゃない、お友達に」

「それは狛犬のことで……」

「だから僕たち、『狛犬の中の人』なんだよ、今風に言うと。正確には『狛犬の中の狼』だけど。今は『人の中の狼』ってことになるか」

「余計にややこしくなったんですけど。つまり……狼が本当の姿で、今は人に化けてると？」

「そういうこと。賢いね、公ちゃん」

いちいち軽い。

「じゃあ、今ここで狼になることができるんですか？」

「あー、そう来るか。変化《へんげ》ってすごく力を使うんだよね。疲れるの。僕らは長年、力の補充がなくて元気がないんだけど……でもまあ、信じるにはそれが一番だよね。はい、幣介」

「俺かよ」

幣介は不満そうに言ったが、渋々という感じで変化した。一瞬で、スルッと。

「――!?」

声も出なかった。驚きすぎて。とんだイリュージョンに目を丸くする。

目の前に座っていた人がいきなり、真っ黒な獣に変わったのだ。

黒い毛はふかふかで、昼間見た狛犬より二回りほども大きい。顔つきは凛々《りり》しく、鋭いグレーの目だけが人間の時を思い出させた。口は大きく裂け、鋭い犬歯が光り、薄い舌が覗いている。身体は筋肉質で、太い尾は垂れ下がっていた。

犬ではない。狼だ。実物を見たことがあるわけでもないのに、そう確信する。

「格好いい……」

公比古は思わずつぶやいていた。目がハートになるとはこのことだろう。危機感は薄く、撫でたくてウズウズする。

「撫でても、いいです?」

「いいよ」

そっと頭を撫でると黒狼の幣介は目を閉じた。気持ちよさそうに見える。バリバリに硬いのかと思った毛は意外に柔らかく、冬毛なのか毛足も長くて、とても手触りがよかった。

「だ、だ、抱きついてもいい、かな……?」

興奮を抑えきれず訊ねた。

「どうぞ」

愛介の許可を得て、公比古は遠慮がちに抱きついた。そして満面の笑みを浮かべる。

胴回りは両腕に余るほど。ふわふわの毛の下には、俊敏そうな筋肉の手応えがあった。しっかりしがみついてもビクともしない安心感。

幼い頃からずっと憧れていたのだ、大型犬に抱きついて眠ることに。

「実に幸せそうな、いい顔をするねえ。そんな大きくて凶暴そうなの、怖くない？」

「全然怖くないです。嬉しい。ありがとう。俺が近づくと、だいたいの動物は逃げちゃうんです。こんなにおとなしく抱きつかせてくれる獣は初めて。幣介さんこそ嫌じゃない？」

怖がらせるような言動をしているつもりはないのに、怯えられたり、吠《ほ》えられたり、近づくと逃げられてしまう。

「幣介は喜んでるよ。人に撫でてもらうのは久しぶりだから。狼になると人語を喋るのが難しくなるし、表情もわかりにくいんだけど、幣介は人でもそんな感じだからね」

「そうなんだ……」

喜んでいると言われて嬉しくなって、公比古はその首筋に顔を埋《うず》めた。

「それ、元はあの無愛想男なんだけど、そういうのは気にならないの？」

「う……それはちょっと微妙ですけど……。でも我慢できない。長年の夢だったから」

好きなのに、触らせてももらえない、切ない片想い。こんなにふかふかで柔らかいなんて……。長年の欲求不満を解消すべく、すりすりと頬《ほお》ずりをする。

「なるほど。狼の姿で来ればもっと歓迎されたわけか。僕も撫でていいけど？」

愛介が人間のまま頭を差し出してくる。

「元が同じだとしても、見た目が人間では撫でたい欲求が少しも湧いてきません」

「そうなんだ……。でも僕まで狼になると、喋る人いなくなっちゃうからなあ」

「今のところ幣介さんで満足なので、話の続きをどうぞ」

「えー、ちょっとジェラシー。まあいいや。公ちゃんさっき、動物に逃げられるって言ってたよね？　それって動物は神気《しんき》を敏感に感じ取るからだと思う。本能的に畏《おそ》れるんだよ」

「神気？」

「神様の気っていうか、気配っていうか。たぶん公ちゃんは神様の子孫で、わりと血が濃いから」

「え、俺が？」

訝《いぶか》しく愛介を見やる。そんなことをすんなり信じる奴はいないだろう。

「これが見えるのがなによりの証拠だよ。あと、僕らの気配も感じ取ったしね」

愛介は幣介と繋がっている糸を摑んで言った。

「これはなんなんですか？」

公比古もそれを摑もうとしたが、やっぱり摑めなかった。

「これは縁《えにし》の糸だ」

「縁？　ああ、そういえばあの神社は、縁結びの神社だって……」

「違うよ。あの神社の霊験は本来、縁切りだ」

「縁切り？　それじゃ正反対じゃないですか」

「そうなんだけど、そうでもないんだよね。悪縁が良縁を寄せつけないってこともあるし、悪縁を断てば、良縁の結びつきが強くなるってこともある。千年も経てば伝説も変わってしまう。縁の部分が残っているだけでもいい方だよ」

「千年……？」

「そう。今から千年くらい前のむかーし昔、僕らはただのはぐれ狼だった。縁あってタケルくんという神様に仕《つか》えることになって、一緒に竜退治もやったし、あの神社を建立する時も一緒だった。タケルくんは天界に戻ることになって、僕らはあの神社で神様代行をするように言いつかり、神通力を与えられたんだ。神社と山を守り、悪縁を断つ力。人間に変化するのもその力の一部なんだよ」

「……へえ」

どこから突っ込んでいいのかわからず、曖昧《あいまい》な相槌《あいづち》を打った。荒唐無稽《こうとうむけい》だが、人間が狼に変化するのを見てしまった後では、信じないとも言えなかった。しかしなにからなにまで現実味がない。日本昔話を信じる人はいないが、嘘だとも思わない。そんな感じ。

「公ちゃーん、もうちょっとなんかリアクションあるでしょ。『えー、神様代行とかうけるんだけどー』とか、『千年も生きてるの？　マジすごーい』とか、そういうの」

話の嘘くささが一気に増した。

「愛介さんはキャバクラに行かれたことがおありですか……」

ノリが完全にキャバ嬢だった。それも若干頭が緩い方の。

「社会勉強だよ。神の使いとしては、俗世間のことも知っておかないとならないからね」

「はあ。それで、えーと、なにをしにここへ？」

「きみは、僕らの神様、タケルくんの子孫なんだ」

「はあ」

「タケルくんはとても女好きで好色で絶倫だったから、いろんな人間の女性に手を出していた。だから子孫はけっこうな数いるはずだけど、きみは特に血が濃いらしい。この縁の糸が見える人間は、ここ五百年くらいお目にかかってない」

「……へ、へえ」

日本昔話を自分と繋げて考えられる人がどれだけいるだろう。それも、好色な神様？　それが祖先？　ありえない。でもどこかで少しだけ、あるかも……と思っている自分がいる。ほんの少し身に覚えがある。

「だから僕らは、しばらくここに住んでみようと思う」

「……は？」

「懐かしい血を感じて嬉しくなった。きみと会えたのも縁。神のお導きというやつだからね。大事にしなくてはならない。懐いてあげるよ、嬉しいだろう？」

「嬉しくない、とは言い切れないけど……。困ります。勝手にそんなこと決められても。寝床はあの神社なんでしょ？　神様代行はどうするんですか」

　信じていなくても、拒否の材料には使う。知り合いならまだしも、今日初めて会った胡散くさい男二人を家に住まわせるなんて、すんなり了承できるはずがない。

「神社はあの状態だからね。たまーに来る参拝者は、恋人が欲しいとか見当違いなお願いばかりで、昔のように死にそうに駆け込んでくる者などいない。暇なんだよね、正直。やりがいも感じられなくて、それに……」

　愛介は疲れたというふうに項垂れた。まるで仕事への情熱を失った中間管理職、もしくは子供の手が離れて生きがいを見失った主婦といった風情。さっきまでの軽さは空元気だったのか、急にしおしおと萎《しお》れた。

「それに？」

「こう見えて僕ら、干からびかけているんだよ。タケルくんから力をもらったのは千年近く前で、参拝者の願いを叶えることで僕らも力を得ていたんだけど、最近はあれだし。公ちゃんには少しだけど神気があるから、そばにいると楽なんだよね……」

「え……それは……」

　助けを請うような目で見られると、拒否しにくくなる。幣介を見れば、その瞳もじっと自分を見ていた。無表情なのだが、縋《すが》るような目に見えてしまう。

「何日かでいいんだ。ちょっとだけ、そばで寝させてくれるだけでいい。……駄目？」

「え、あ、いや……」

頼まれると断れないのは昔からの性質で、助けを求められれば応えずにいられない。しかしそれは、相手が知り合いだったり、客だったりした場合、なのだが。

「お願い、公ちゃん」

愛介はそう言うと、いきなり変化した。いや、変化を解いた。

「わあ……」

こちらは白銀の狼だった。輝くプラチナシルバーの美しい毛並み。大きさは幣介より少し大きいか。体長一メートル五十センチほど。幣介は瞳の色が変わらなかったが、愛介は人の時には茶色だった瞳が赤くなった。

「……きれいだ」

思わず呟《つぶや》けば、大きな口の端がクイッと上がった。そうだろう、とでも言いたげだ。狼になっても基本的性質は変わらないようで、幣介より表情がわかりやすい。

愛介は公比古の膝《ひざ》に顎《あご》をのせて目を閉じた。撫でろと言わんばかりの態度に、逆らうことなどできなかった。頭を撫でると、自然に口元が緩む。

右に黒い狼。左に白い狼。おとなしく横たわる二匹の獣の頭を撫でる幸せ。中身は同じだとわかっているのに、人なら追い出せても、狼だとできない。

「しょ、しょうがないな……何日かだけだよ?」

「オン」

短い返事にテンションが上がる。中身は愛介なのに、可愛《かわい》い。

「今日はもう寝る？　どこで寝る？　ベッドはシングルだから……二匹なら寝られるかな」

公比古は隣の寝室に二匹を招き入れ、ベッドを明け渡した。自分はリビングのソファで寝るつもりで出ていこうとしたら、シャツの裾《すそ》を引かれた。後ろから尻を押される。

「え、一緒に寝るの？　無理じゃないかなあ」

とりあえずベッドに横になってみた。二匹が両側にぴったりと寄り添って、いまだかつてない満ち足りた気分になる。

——ああこれは、なんという幸せか……。

そのまま眠りについた……のだが、すぐに目が覚めてしまった。

いろいろと衝撃が大きすぎて忘れかけていたが、身体は忘れてくれていなかった。脳は疲れて寝たいと主張するのに、出さないことには収まらないと身体が反論する。

指を舐めたのは幣介だと判明した。実際舐められていた。性的な意図があったわけではなく、ただのイタズラだった。それがわかって、指のジンジンはかなり落ち着いたような気がするのだが、股間に伝染したジンジンはちっとも収まらない。

絶対草食系だよね、性欲なさそう、などと言われる公比古だったが、性欲はかなり旺盛だった。ただ、特に相手を必要としないところは草食系で、右手が恋人でも不満はなかった。

すっかり自慰《じい》をして眠るのが習慣になっているとはいえ、人が泊まりに来た時はせずに眠れる。今日はこんな幸せな状況なのだから、このまま眠りに落ちたい。

目を瞑《つぶ》ってなんとか抗おうとするのだが、なぜか身体のざわつきが収まってくれなかった。いろんなことがあって身体が興奮状態になってしまっているのか。

公比古は深々と溜息をつき、仕方なくトイレに立った。二匹を起こさないようにそっと。

さっさと処理してさっさと寝よう。

トイレに入って下半身を露出し、そこに触れるとすでに熱を持っていた。自分の手に歓喜したようにそれはピクッと反応し、少し擦《こす》ればすぐにイケそうだった。

いつも通りに手を動かす。しかしどうしたことか、なかなかイケない。感じるのに、いつもより感じているくらいなのに、あと一押しが足りない。

なにが……？　自ら腰を揺らして、自分を煽《あお》ってみる。その時、指をぺろりと舐められた感触がよみがえり、擦っていたものをギュッと握りしめた。

「あ……」

声が出て、ハッと口を閉じる。このまま擦ればイケそうなのに、なぜか呼吸を落ち着けようとする。でも、手はじわじわと動きはじめる。

その動きはいつもと少し違う。舐めるような手つき。ねっとり絡みつくような……。自分の手なのに、予測のつかない動きをする。

「ん……」

押し殺した声が漏れた、その時。

「不浄《ふじょう》から芳《かぐわ》しき香がする」

声が聞こえてドキッとした。

「公ちゃーん、出ておいで」

「え？　え？　トイレ？　ちょ、ちょっと待って。すぐ出るから」

そうは言っても昂《たかぶ》りきったものは簡単に収まらない。とりあえずズボンを上げて隠し、情けない前傾姿勢でトイレを出る。

二人は人形《ひとがた》を取っていた。残念だ。終わったら二匹の間に戻りたかったのに。

「ど、どうぞ」

自慰の途中で人と顔を合わせるのは、ばつが悪い。俯《うつむ》いてトイレを譲り、そそくさとリビングのソファに移動した。するとなぜか二人もついてくる。

「トイレじゃないの？　俺、ちょっと腹の調子が悪くて……」

じっと見られて、嘘の言い訳を口にした。

「公ちゃん、隠さなくていいから」

愛介はソファの後ろに立って覆い被さり、公比古の耳元に囁《ささや》いた。その手が公比古の胸の前に回されて、前傾していた上半身を仰向《あおむ》かせる。すると股間のものの形が露《あらわ》になった。

「な、ちょっ……」

公比古は真っ赤になって股間を手で隠す。

「舐めてやる」

幣介は跪《ひざまず》くと、公比古のズボンに手をかけた。止める間もなく、下着ごと一気に引き抜かれる。元気なものがひょっこり顔を出した。

「わ、なに、な、な、見るな！」

それをまた手で隠そうとするが、愛介に後ろから手を摑まれ、自分の上半身を抱きしめるようにしっかりホールドされてしまう。

「元気なことはいいことだよ、公ちゃん」

「い、いいとか悪いとかじゃなくて、こういうことはひとりでひっそりやるものだから。今も昔もそれは同じでしょう⁉」

「んー、僕たち狼だからね」

「お、狼だったら、そもそもこんなことしないでしょ！」

「するよー。狼の生態なんて知らないでしょ？　あれだよ、毛繕《けづくろ》いみたいなものだよ」

「ち、違うと思――ひぅっ！」

変な声が出たのは、幣介がそれを咥《くわ》えたからだ。問答無用とばかりに膝を大きく割り、パクッと、公比古のあそこを口の中に入れた。

「な、な、な――」

驚きすぎて声も出ない。ただワナワナする。

しかしその舌に舐められた瞬間、ゾクッと背筋を寒気のようなものが走った。すでに刺激に敏感になっていたそこは、ザラザラした舌の感触に驚喜し、もっとしろと要求する。

「こ、このエロ狼！　放し、放してっ」

「いいねえ、エロ狼って響き。ちなみに幣介はむっつりってやつだから。オープンな人間より、クローズな人間の方が探究心が強い。それはわりと種族を超えた真理なんだよねえ」

愛介は後ろから公比古を抱きしめて自由を奪い、楽しげに喋る。

しかし公比古は愛介の言葉など耳に入っていなかった。むっつり狼の舌は長く薄く、公比古の太いとはいえないそれにしっとり絡みついて絞り上げる。舌使いは絶妙で、表面がざらついているのが堪《たま》らない。それで擦られると、あっという間にヤバいことになった。

「あ、あぁっ……ちょっ、ん、んンッ……へ、へいす……け、放し……」

手を伸ばして頭をどけようとしても、愛介に阻止される。引き戻され、仰向けに顔を上げさせられて、キスなどされてしまう。

唇が重なり、ぬるりと入ってくる舌はやはり、人間の舌よりも薄く、ざらついていた。

それで敏感なところを擦られると堪らないのだ。上も。下も。

「や、ぁ……もう出る、あ、……放して、放せっ」

愛介の唇《くちびる》から逃れ、身を捩《よじ》りながら訴える。

「そんなもったいないことするわけないよ。幣介、しっかり呑《の》んで」

愛介は溢《あふ》れた唾液《だえき》を舌で搦《から》め捕《と》り、ニヤッと笑った。

神の使いなんて嘘だ……悪魔の手先だ。いや、悪魔そのものだ。

その瞬間、幣介の尖《とが》った牙が一番敏感なところに当たった。ビクッと反応し、普通なら怯えて萎《な》えるだろうその痛みによって、公比古は達した。

「あぁっ……ぁ……ぁ……」

あまりの気持ちよさに、全身から力が抜けて泣きそうになる。腰砕けとはこういうことか。女性にしてもらった経験はあるが、それとはまるで別ものだった。別ものだと思わないと、それよりずっとよかったなんて、自分がアブノーマルだと認めることになる。男にされて、しかもさっき知り合ったばかりの得体の知れない奴にされて、気持ちよくなってしまった。正直、今までで一番気持ちよかった。

「美味」

すべて呑み下しての幣介の一言。長い舌がぺろりと口の回りを舐め清める。

「で、で、出ていけ……」

怒鳴ったつもりが情けなく声が震えていた。涙目だ。

「まあまあ、そんな深刻に考えないで。気持ちよかったんでしょ？　家賃代わりだと思って受け取ってよ。神の血を引く家主様へ、神使のご奉仕です」

「いい、いらない、家賃いらない、ご奉仕もいらない。出てって」

ぐずぐずと意固地になるのは、ご奉仕が気持ちよかったから。それを認めたくない。

「公比古、我らは寂しいのだ」

幣介の口から思わぬ言葉が漏れて、驚いた。黙して耐える武士タイプの男だと勝手に思っていたから、寂しいなんて弱音のような言葉が出てくるとは思わなかった。

「……え？」

「主《あるじ》が天に帰って千年あまり、我らだけで過ごしてきた。おまえは主と同じ匂《にお》いがする」

そう言って、幣介が匂いを嗅《か》いだのは、公比古の股間。

「に、匂いって、え？　まさか、こういうことをその、神様、とも……？」

「ねえ、そんなことより僕も舐めたい。幣介、交替」

愛介が言うと同時に、二人はするっとポジションチェンジした。その素早さは野生の獣だ。

「は⁉　ちょっと、冗談じゃ……」

逃げ出そうとしたら、幣介に捕まえられ、引き戻された。そして、愛介にまで股間を舐められる。

「も、もうやめろって！」

「公ちゃん、もう一回くらい出るでしょ？　僕にも呑ませてよ」

「は？　な、なんなの、おまえら、なんなの⁉」

「エロ狼でーす」

愛介はニッと笑って公比古のものを口に咥えた。その舌は幣介よりも滑らかに動いた。巧みで優しく、ちょっと焦れったい。

「も、もう出ない！　一滴も出ないから！」

最初は本当にそう思っていたのに、どんどん追い詰められていく。この身体はどうなっているのか。それとも、二人の舌になにか特殊な力でもあるのか。

「あ、あ、……クッ……んっ」

感じてしまう。もう少しきつくてもいい……なんてことを思って身を捩れば、

「愛介、公比古は痛いのとか好きみたいだ」

幣介が心を読んだかのような入れ知恵をした。

「な、なに言って⁉　そんなことないから！　痛いのとか、きついのとか、大嫌いだから！」

「ふーん、痛くてきついのがいいんだ？」

ざらりと舌が絡みつき、きつく吸われた。根元をギュッと握られて、先端に歯を立てられる。

「イッ……ぁ、あ、やぁっ……」

ゾクゾクッと背筋をなにかが這《は》い上がっていった。背をのけぞらせ、幣介の腕に頬を押し

当てる。歯を食いしばると、頰を撫でられ、目元にキスされた。

細く目を開ければ、グレーの瞳がじっと自分を見つめていて、だけど奥深くを探るような目は、違うものを見ているようでもあった。

あっという間に二度目の吐精。すべて愛介の口の中へと消えた。

「うん、確かに美味。ありがとう、公ちゃん」

公比古は無言で立ち上がった。放り出されていた下着とズボンと穿いて、寝室に入ってピシャッとドアを閉めた。

「えー、公ちゃん、一緒に寝ようよ。もうなにもしないから。添い寝するだけだから」

「うるさい、エロ狼。なにが神の使いだ……ただの変態だろ！」

「ひどーい。いい匂いがしたから、舐めて手伝っただけなのに」

「狼なら布団なくても平気だよな。追い出されないだけありがたいと思って、そこで寝ろ！」

ひとりベッドに入って布団を被る。さっきまでこのベッドはこの世の天国だった。それを思い出せば、狼になってるなら入れてやってもいいかな……などと思いかけて、首を横に振る。

駄目だ駄目だ。なにをされたか思い出せ。いや、思い出すな。あんな屈辱的で……気持ちよかったことなんか。思い出しちゃ駄目だ。

昨日までと同じように寝たのに、すごくスカスカした物足りない気分で、夜中に何度も目

が覚めた。そして朝方、本当に寒くて目が覚めて、心配になってしまった。

狼なんて屋外で生活している獣なのだから、屋根と壁のある場所で布団が必要なわけがない。そもそも石の中で寝ている奴らなのだ。

そんなことを思いながらも、そっとリビングを覗く。二匹は丸くなって寝ていた。尻尾までくるっと丸くなった狼団子。可愛くて触りたくて堪らなくなる。

いやいや、あれは油断ならぬエロい獣。男のものを咥えて呑んだ……変態獣だ。見た目に騙されるな。絆《ほだ》されるな。

そっと寝室に戻り、布団を被ってギュッと目を瞑った。

多頭飼いの幸罪

起きると、幸せが戻ってきていた。シングルベッドに人ひとりと獣が二匹。川の字というより、小の字みたいに寝ていた。密着して。

いつの間に……。

怒るべきところなのにちっとも怒りが湧いてこない、抗えない。両側にふさふさの温もり。懐かれる幸せ。

「卑怯だ……」

思わず呟けば、二匹の耳がピクッと動いた。

とりあえず仕事に行かなくてはならない。幸せ挟み状態から抜け出して、寝室からリビングに出ると、二匹が後ろからトボトボとついてきた。人になってくれないと文句も言えない。可愛くて。

シャワーを浴びて朝食を食べ、身支度を調《ととの》える。なにを食べるのかと訊いてみたけど、首を横に振られた。いらない、らしい。

「人間にならないつもり？」

リビングのラグの上で寝そべっている二匹に訊いたが返事がない。

「もう怒ってないから……」

言うと、白い方が変化した。

「追い出さない？」

犬のように顔を寄せて問いかけてくる。しかし人になると途端に可愛らしさは消え、警戒心がよみがえる。

横目にじっと見ると、愛介はまた狼に戻った。

「わかった、わかったよ！　追い出さないから」

そう言った途端に二匹とも人形をとった。

「……変化するのって疲れるとか言ってなかったっけ？」

「昨日公ちゃんに力をもらったから、久しぶりにすごく元気。力が満ちあふれてる感じ」

「それって、まさか……」

思い当たるのはあれだが、口に出したくない。

「美味だった」

幣介の一言で公比古は真っ赤になる。

「公ちゃんのおかげで、干からび寸前だったのが一気に潤ったんだ。ありがとう。毎日一緒に寝てくれると、嬉しいんだけどな」

「俺は餌ですか」

懐かれる理由がわかってがっかりする。空腹を満たしたかっただけなのだ。つまり、餌だ。

「あ、寝てくれるだけでいいから。くっついてるだけでも、ちょっとは神気が伝わってくるんだ。昨夜《ゆうべ》は飢《う》えすぎててがっついちゃったけど、大丈夫だから」

千年なんて時間はまったく想像もできないけど、ずっと飢えていたところに小さな泉を見つければ、それはがっつきたくもなるだろう。自分は助けてやれるのだと思うと、少し嬉しくもあった。

「俺でいいなら……。でも、寝るだけだからね」

「公ちゃん優しい！　ありがとう」

愛介に抱きしめられ、公比古は口元を緩めた。人に喜ばれるのは単純に嬉しい。どんな相手でも。どんなことでも。

「公比古は脇が甘いな」

「え？」

幣介がなにかボソッと言って、公比古は聞き取れず聞き返したが、愛介の蹴《け》りが幣介の脇腹に入った。

「脇に蹴りがほしいなんて、幣介はマゾだなあ」

ハハハと愛介は笑い、幣介は脇腹を押さえて愛介を睨《にら》む。

「そ、そうなの？」

「違う！　でも、もういい」

幣介はムッとした顔で黙った。拗《す》ねたようだ。愛介の方が歳上なのかもしれない。千歳を超えてしまえば、そんなの関係なさそうな気もするが。

「じゃあ俺は仕事に行くから。適当にくつろいでて。出ていく時は戸締まりしてね。鍵は持ってていいから」

「おまえは昨日会ったばかりの奴に鍵を渡すのか」

幣介の正論に、なるほどその通りだと思い至る。家の鍵なんて、今まで誰にも、彼女にだって渡したことはなかった。終電を逃した友人が泊まりに来ても、自分が家を出る時には追い出した。そういう約束で泊めた。

相手を信じていないということではなく、自分がいない時に部屋にいられるのは、なんとなく嫌なのだ。

「そうだね……。なんだろ、ペットみたいな感覚なのかな」

自己分析する。ペットに鍵を渡すのは変だが、部屋にいられても気にならないのはきっとそんな気分だからだ。

「ペット？　無礼な」

「いいよいいよ、ペットで。公ちゃん仕事はなにしてるの？」

憤慨する幣介を愛介が抑え込み、ニコニコ笑顔で訊いてきた。

「ブライダルコーディネーター。結婚式を企画したり、取り仕切ったりする仕事だよ」

「へえ。縁を結ぶ仕事か。それはいいいな」

褒められて嬉しくなる。

「あ、でも、ご先祖様が縁切り神社の神様だったんなら、俺、向いてないんじゃゃ……」

にわかに不安になった。自分が結婚式をコーディネートして別れたカップルももちろんいるけれど、他の人より比率が高いということはない――はずだ。しかし、ちゃんと調べてみたら、もしかして……。

「縁切りも縁結びも似たようなものだって言っただろう？　悪縁を断ち、良縁を結ぶ。でも、良縁がずっと良縁のままだとは限らない。時が経てば悪縁に変わってしまうこともあるし、逆もまた然《しか》りだ。そんな神にだってわからないことを、公ちゃんにどうこうできるわけがないよ」

愛介の言葉には人を安心させる力があるように思う。年の功なのか、神の使いだからなのか。それとも元々そういう質《たち》なのか。

「己の役目をまっとうしろ。ひとりの人間にできることなど、そう多くはない」

幣介の言葉は人をイラッとさせる力がある。が、ゆっくり染み込んでくる。

分をわきまえ、背伸びしすぎず、できることを懸命に行え、そういうことだろう。

「うん、わかった。ありがとう。じゃあ行ってきます」

公比古はニッコリ笑顔を二人に向け、軽い足取りで家を出た。

行ってきます、なんて言ったのは久しぶりだ。実家を出た十八歳の時以来かもしれない。仕事を認めてもらったのも嬉しかった。

留守を任せても不安はなく、非現実的なことばかり言われたのに、いつの間にかそのまま受け入れて、敬語も使わなくなっていた。

敬語を使わなくなったのは、気を許したからではなく、エロ狼と罵《ののし》ったからに違いない。されたことを思い出せば顔が火照《ほて》る。しかしなぜか怒りは湧いてこなかった。

あんなことをされて、その相手を部屋に残して外出するなんておかしい。冷静になれば、あの二人も、自分の対応も、おかしなことばかりだ。

しかし、戻って追い出そうという気にはなれなかった。

自己防衛本能が衰えたのか。いや、本能が大丈夫だと言っていて、それを抑え込むべき理性がうまく働いていないのだ。壊れているのか、神通力にはそういう力もあるのか……。

いつも月曜日はそんなに忙しくないのだが、日曜に休んだせいか、なにかとやることが多くて帰宅時間が遅くなってしまった。

こんな日は外食して帰るのが常なのだが、スーパーで食材を買って帰ったのは、待っているかもしれないと思ったから。世話好きは今に始まったことではなく、こういうのは楽しい。

家のドアを開けると、二匹が並んでお座りしていた。

「く、う……ただいま」

驚いて、それから頬が緩んだ。しかし、声を掛けた途端に人間に変わってしまって残念に思う。ずっと狼でいてほしいが、このアパートはペット可ではないので、それだと出ていってもらうしかない。

「おかえり、公ちゃん」

そう言ってもらえるのは嬉しい。

「お勤めご苦労」

その言葉にはやっぱりイラッとする。

「なにか食べた？　ていうか、なにを食べるの？」

公比古は食材を冷蔵庫にしまいながら問いかける。

「なんでも食べるよ。基本的には狼の食べるものだけど、猪とか鹿とか言ってもね。牛も鶏も食べるし、ケーキもまんじゅうも食べるけど、しばらく食べなくても大丈夫だよ」

「一番食べたいのは公比古の――」

なにか言おうとした幣介の脇に愛介の肘《ひじ》が入った。

「幣介は餡でいいって。猪鍋餡」

幣介は明らかに不満そうな顔をしている。

「あれ、もうあんまりないよ。どこで買ったのか今度聞いてみる。通販とかあるかな……」

公比古はそう言いながらコートを脱ぎ、スーツを部屋着に着替えようと寝室のドアを開けた。電気を点《つ》けて、そこにあるものを見て、数秒の間、固まる。

「な、なにこれ⁉」

寝室は七畳ほどの広さ。クローゼットもついているし、家具はシングルベッドと本棚があるくらいで、けっこう余白があったのだ。確かに今朝までは。

「いいだろう？　家具屋に行ったらいいのがあったから買ってきた。これでゆっくり眠れるぞ」

「俺は狭いベッドでくっついているのがよかったんだが、公比古が窮屈そうだと愛介が」

愛介は自慢げで、幣介は不満げで、しかし公比古はそんなことどうでもよかった。慣れ親しんだシングルベッドが消えて、かなり立派なダブルベッドがそこにあった。

「これ……買ったって、お金は？　俺のシングルベッドはどこに？」

「シングルベッドは引き取ってもらったよ。お金はこれから出した」

そう言って愛介が出したのは、公比古の貯金通帳だった。わからないように隠していたのに。

「ど、ど、どうやって見つけて……引き出して……」

愛介の手から通帳を取り上げ、残高を見て頭が真っ白になった。

「お、俺の……貯金がぁ……」

わなわなと手が震える。

「大事なものと認識すれば、物とも縁が結ばれる。本棚の隅の通帳と、小物入れの印鑑から公比古に繋がる糸が出ていた」

「物と……そんなのまで見えるの⁉」

「そう。世の中は糸だらけ。こんがらがってしまうから、普段はあまり見ないようにしているけど、見ようと思えばどんな薄い縁も見える」

「へえ。って、今はそんなことはいい。俺がコツコツと貯めてきた貯金を、ずいぶん思い切って使ってくれて……ベッドなんかに」

「寝心地はすごくいいよ。睡眠は大事だからね」

「俺のためみたいに言うなよ、馬鹿狼！　勝手なことして……今すぐ返して！　返品！」

怒りがまったく通じないのがまた腹立たしく、思わず怒鳴っていた。

「なにを怒っている？」

愛介はキョトンとしている。

「だから、俺が、コツコツ貯めた金だと……」

「有意義に使ったつもりだけど？」

「有意義かどうかは俺が決めることなの！　俺はシングルの硬いベッドで充分だったんだ。なにかあった時のために貯めていたのに……」

「なにかの時って？」

「病気になったり、怪我したり、他にも生きてると急に入り用になることがあるんだよ！」

ひとり暮らしでは誰も助けてくれない。実家の両親は健在だが、生活に余裕があるとはいえず、こちらに助けを求めてくる可能性もあった。お金は大事だ。

「いいベッドに寝れば、病気のリスクは減る。まあそう怒るな。なにかの時には僕がなんとかしてあげるから」

愛介に反省の色はまったく見られず、そもそもなぜ怒っているのかも理解していないようだった。公比古のイライラは募る。

「なんとかって、どうしてくれるんだよ⁉」

「どうとでも。賽銭《さいせん》箱から金を吸い上げるとか……」

「それ、泥棒だから」

「なにを言う。あれは我らへの貢ぎ物だ」

幣介が反論した。

「そうだろうけど、駄目なの。それにあそこの賽銭なんて、たかがしれてる……」

「失敬な。と言いたいけどそれはそうだね。まあいいからちょっと寝てみなよ。お金を出すだけの価値はあるよ？」

「嫌だ、寝ない、返品する！」

言い張る公比古を愛介は軽く抱き上げて、ベッドに放り投げた。そして覆い被さってくる。

「なに、なにを！」

「どう？　寝心地。いいでしょ？」

「い、いいわけが……」

ないと言い返したいが、確かに寝心地はいい。嘘はつけない。

「そういう問題じゃないの！　うちは昔から貧乏で……お金は大事なんだよ。俺の努力の結晶なの。残高見ると安心するの！」

泣き言になってきた。そこにすかさず幣介が狼になって入り込んでくる。本当に卑怯だ。両腕で抱きしめて、首筋に顔を埋めてグズグズグダグダ言い続ける。

「わかったよ、お金はちゃんと稼いで返してあげるから。でもね、公ちゃん。お金に固執しすぎるのはよくないよ？　縁は巡るものだから。停滞させると腐って悪いものを呼び込んでしまう」

「悪いもの？」

「人間の身体も、溜めるとよくないって言うでしょ？」

そんなことを言ってニッコリ笑った愛介が手を伸ばしたのは、よりにもよって公比古の股間だった。後ろから抱き込まれ、「循環、循環」などと服の上からやんわり撫で回される。ゾクッと反応してしまって、怒りが増す。

「ふざっけんな、もう触るな！　追い出す、絶対追い出す！」

幣介の首を抱いたまま怒鳴る。

「まあまあ。公ちゃんさ、溜まりやすいでしょ？　性欲が旺盛なのはタケルくんの血だよね……あの人絶倫だったから」

力を入れて押さえ込まれているわけでもないのに、愛介の身体をはね除けられない。ベルトを外され、パンツの前を開かれて、直《じか》にそこを撫でられると、力が抜けていく。

「さ、さわ、触るなって」

声が裏返る。払いのけようとするが、うまく躱《かわ》されてしまって、幣介にしがみつくしかない。

「我慢はよくないよ？　公ちゃん、彼女いないよね？　遊んでもないでしょ。顔はまあ普通だけど、わりとモテるんじゃない？」

褒められたのか、貶《けな》されたのか……。確かに十人並の顔のわりにはモテる方だろう。今まで付き合った彼女はみな向こうからやってきた。

「そんなの、どうでも関係な……ぁ、んっ……」

「まあ、タケルくんみたいに気に入ればすぐ手をつけちゃうっていうのもどうかと思うけど、同意の上ならいいと思うんだよね。遊ぶのも」

　人の股間を弄《いじ》りながら、女と遊べと言う。

「俺は……まだ結婚したくないから、できちゃったら困る」

「え……本当にそんな理由？　タケルくんの子孫から、そんな言葉を聞くとは……。この身体にその考え方じゃ、溜まる一方でしょ」

　グリグリ強めに握られて、背を丸めて耐える。

「よ、余計なお世話っ」

「いやいや必要なお世話だよ。女の子としないって言うなら、僕らがやってあげる。自分でやるより気持ちいいでしょ？　今日はお金を使っちゃったお詫びも兼ねて、めいっぱい気持ちよく……」

「そ、そんなの、いらないから！」

　性欲旺盛なのは若さゆえかと思っていたのだが、血筋だったとは……。

　公比古も二年前までは、セックスに対してこんなガチガチに堅い考え方をしていたわけじゃなかった。若かったし、やりたかったし、手を出さないのも失礼なんじゃないかという気持ちもあった。避妊しても妊娠のリスクがゼロじゃないことは知っていたが、あまり深くは考えていなかった。

　きっかけは達也が結婚したことだった。達也が相手の女性のことをそれほど好きだったわけじゃないことを公比古は知っていた。子供ができて仕方なく結婚したのだ。責任を取った達也は偉いと思うが、それは達也にとっても、相手の女性にとっても、そして子供にとっても、幸せなことだったのか……。

身近にそんなことが起こって、自分にもし起こったらと考えると怖くなってしまって、女性と簡単に肌を合わせることができなくなった。

子供ができたとして、堕《お》ろせなんて絶対に言いたくないが、結婚して一緒に子育てして幸せな家庭が築ける自信もない。結婚は一生に一度、添い遂げる覚悟をした人としかしたくない。毎日のように結婚というものに接しているからこそ、結婚を蔑《ないがし》ろにはできなかった。だから、そう思える人としかしないと決めたのだ。重くて古い考え方だけど、公比古にとってはそれほど難しいことではなかった。

公比古の性欲は、女を抱きたいという欲ではなく、ただ気持ちよくなりたいという欲で、自慰で済ませてもなんら不都合はなかった。

そういう考えだから、確かに妊娠の心配のない相手に、気持ちよくなることをしてもらうというのは、願ってもない話なのだが、じゃあよろしく、とは言えなかった。公比古にだって一応プライドはある。倫理観とか道徳観とかもある。出会ったばかりの信用のおけない相手と、しかも男と、さらには狼と、なんて、駄目に決まっている。

こんななし崩しに、気持ちいいからって、許しては……。

「ん……ぁ、イヤ、放……あっ……」

気持ちいいからって、気持ちいいからって……。

「あ、あっ！　な、なにをっ――!?」

驚いたのは、急に生温かい感触に包まれたから。いつの間にか幣介が身体の向きを変え、愛介が摑んでいたものを咥えていた。狼のまま。

これにはさすがに幸せ気分なんて悠長なことは言っていられなかった。怖すぎる。

「はな、放して、やめ――」

狼でも舌の巧みさは変わらないが、口蓋《こうがい》の奥行きが深く、前方の鋭い牙が見えて、気持ちよさと恐ろしさを同時に感じて震える。

「だ、ダメ、ダメ……」

怯えながら、ゾクゾクッと背筋を悪寒とも快感ともつかぬものが這い上がっていき、逃げることもままならない。

「牙、怖いから……やめて」

後ろから顔を寄せてきた愛介に、涙目で訴える。

「怖い？　大丈夫、傷つけたりしないよ。……公ちゃん、痛いの好きだろ？」

優しく目元に口づけながら愛介が囁く。瞳の色が少し赤みがかっている。

「好きじゃない、本当に、好きじゃないから……っ」

必死に訴える。

「公ちゃんは視覚とか直感みたいのは人より優れてるけど、その分なのか、味覚や触覚が人より劣ってるみたいだね。ちょっと鈍いから、刺激が強すぎるくらいが気持ちいいんだよ。僕らのざらざらの舌、気持ちいいんだろう?」

「よ、よくな……ざらざら、イヤ、牙もイヤ!」

「幣介は器用だから、安心して……気持ちよくするだけだよ」

「ん、んんっ……せ、せめて人に、なって」

「公ちゃんが呑ませてくれたら、なれるかも」

「無理……出ない」

「出るよ、大丈夫。目を閉じて、感じるだけ……怖くない、気持ちいいだけ」

愛介は暗示をかけるように囁き、上半身を被せて公比古の視界を奪うと、唇を重ねた。公比古は言われるままに目を閉じた。

上も、下も、舌が絡みついてくる。二つの口が自分を気持ちよくしてくれる。

「なぜ、こんなこと……」

詫びなのか、礼なのか、それとも単にしたいだけなのか。

「公ちゃんのはすごくおいしいから……おいしいもの食べると、元気が出るでしょ?」

つまり、食料か。ステーキなのか、栄養ドリンクなのか。需要と供給は成り立っている。

互いにとってメリットがある。ならば導かれるまま飛び込んでしまえばいい、のか？

それでもやっぱり抵抗はあるが……やがて快感の波に呑み込まれていく。

愛介に抱きしめられながらホッとして、幣介の痛気持ちいい愛撫《あいぶ》に翻弄され、文句を言いながらも感じて――。

「ん、ぁ……馬鹿狼……あ、ヤダ、もう出る……」

幣介はそれを呑み干し、一滴も無駄にしないとばかりにペロペロと舐め回した。そしてやっと人間になる。

「公比古、うまかったぞ」

ニッと笑った顔が男前で、嬉しそうで、こっちまで嬉しくなりかけて、渋面を作る。

「そんなわけない」

精液が美味しいなんて話は聞いたことがない。人間とは味覚が違うと言われればそれまでだが、うまいと言われるのも、まずいと言われるのも嬉しくはない。

「呑んでみるか？　自分の」

幣介がちょっと惜しそうに濡れた口を近づけてきた。

「い、いい！」

慌ててその顔を押し戻せば、ホッとした顔になった。少しも人に分けたくないほどうまいのかと興味が湧いたが、確認する勇気はない。

「じゃあ僕に回せ」

そう言って愛介は幣介の口に噛みつくようなキスをした。舌が絡み合っているのがわかる。それは男同士のキスというより、犬が匂いを確かめ合っているような雰囲気だったが、目の前で見る美形と男前のキスはなかなかに衝撃的で、自然に顔が赤くなった。見ていられなくてそこからじわりと抜け出す。

もう、なにがなんだか……。

「公ちゃん、どこ行くのー？」

「シャワーだよ」

「あ、お風呂入れといたから、一緒に入る？」

「入ってくるな。というか、もう出ていけよ！　俺はおまえらの玩具《おもちゃ》じゃないんだからな」

怒鳴った途端に二人は、するすると小さくなって狼になった。

「ひ、卑怯者……。絶対風呂には入ってくるなよ！」

獣になれば追い出されないと見切られてしまった。クーンクーンなどと鼻を鳴らしてみせるのがあざとい。が、可愛い……。

自分が簡単すぎて悔しい。

しかし、自分で入れなくても風呂が沸いているというのはありがたかった。お湯にゆっくり浸かっていると、怒りもむかつきも溶けていき、流されて感じてしまった腑甲斐なさまでも薄れていく。

昔から怒りは長続きしなかった。そもそもあまり怒らないし、たいがいのことは自分の中で消化してしまえる。達也にはよく、なんでも受け入れすぎだ、もっと怒れ、などと怒られるが、怒る必要のないことまで怒れない。

いがみ合うのが嫌いで、兄妹が多かったせいか自分の感情は二の次で、調整役に回ることが多かった。

だからこんなふうに、怒鳴ったり、感情をぶつけたりしている自分は、自分でも珍しいなと思う。人に命令口調でものを言ったりすることもほとんどなかった。

二人には不思議と思ったままに怒鳴れるし、どんなに怒鳴っても罪悪感がない。いつもはちょっとでもきつい言い方をしてしまうと、ずっと気になってしまうのに。

嫌われてもかまわないと思っているからなのか、二人がまるで気にする様子すら見せないせいなのか。それとも、古くからの因縁《いんねん》が関係しているのか。

こういう関係がちょっと楽しいと思ってしまっている。感情が動くのも、それをぶつけるのも、優しく包み込まれるような感じも。

どこか……やっぱりペットに近いのかもしれない。感覚が。

愛介と幣介ほどの太い糸ではなくても、自分も彼らと糸を結びたい。すぐに切れてしまう程度の細い糸は今も結ばれているのだろうけど、もっと太くしたいと思う。まだ二日しか経っていないのに。

思うつぼなのか。チョロいと思われているだろう。だけど縁は断ちがたい。

「あ、お金……」

不意に思い出し、怒りが再燃する。六年かかって高くない給料からコツコツ貯めた、公比古にとってはけっこうな大金だった。

でも、ダブルベッドは確かに寝心地がよかったし、お金はまた貯めればいいか……などと、やっぱり怒りはあっという間に鎮火してしまう。

――許すのか？　受け入れるのか？　お金も、無理矢理イかされたことも許すつもりか？

自分でももう少し怒るべき、抗うべき、もっと疑うべきだと思うのだが、一向にそういう気にならない。それどころか、ダブルベッドで小の字になって寝るのを想像して、やに下がってしまう。

狼の口は正直、気持ちよかった。美味しいというのは納得できないが、美味しく感じるというのなら相互にメリットがあるということ。しかも呑んだら元気になれるらしい。

自分だけが得して人に負荷をかけるのは嫌だが、自分が損しても人が喜んでくれるならいいか……と思ってしまう質なのだ。人に我慢させるより、自分が我慢する方がずっと楽だ。

「公ちゃーん、溺れてない？」

「溺れてない」

気づけば結構時間が経っていて、どうやら心配して声をかけてきたようだ。たったそれだけで嬉しくなってしまうのだから、本当にチョロい。

「背中流してあげようか？」

「いりません。そもそも狼って風呂に入るの？」

純粋な疑問。犬は水浴びもするし、泳ぎもするけれど。

「見たい？　知りたい？　お望みとあらば……」

「望まないから入ってくるな！」

入ってこようとする気配に、慌てて止めた。全裸で狭い風呂に一緒に入るなんて、またそういうことになってしまいかねない。気持ちいいことに弱い自覚はある。

でも、ちょっと見てみたい気もする。狼泡だらけ、狼水浴び……妄想しただけで楽しい。

ただのペットなら手放しで歓迎できたのだが……。

それでも一日がいつもよりキラキラしているような気がした。


一週間も経つとすっかり慣れてしまった。

家を出る時は「行ってきます」と言い、帰ると「ただいま」と言う。ダブルベッドに寝るのも、狼たちの添い寝も、あまつさえ舐められることにまで慣れてしまった。

一日一回という取り決めを交わし、毎夜交互に呑まれている。それまでも公比古は、自分で毎晩のようにやっていたので、人にされるということさえ受け入れてしまえば、特に辛いとかきついとかいうことはなかった。それどころか、かなり気持ちよくて癖になってしまいそうなのが怖かった。

呑みたいだけにしては、サービス精神が旺盛すぎるのだ。

もしかしたら、昔もこういうことをしていたのだろうか……。主への奉仕のひとつとして。それで褒美に呑ませてもらっていた、というのであれば、この丁寧さや巧みさも納得できる。

「こ、こういうこと、タケルって神様ともしてたの？」

終わってから、幣介が狼に戻る前に訊いてみた。愛介はすでに狼姿で寝そべっている。

訊くなら愛介の方がいい気もしたが、幣介の方がありのまま話してくれる感じがするのだ。

少しばかり言葉は足りないけど。

「タケル？　いや」

「呑んでたんじゃないの？」

「そんなこと考えたこともない。たぶん、したら殺される……」

「じゃあなんで、俺にこういうことするの？　呑みたいだけなら、俺が自分でして、出したのを呑むだけの方が楽じゃない？」

「楽かもしれないが、楽しくない。たぶん、美味しさも半減だ」

「そういうもの？」

「嫌がる顔とか、気持ちいい顔とか、そういうのは、あれだ、ふりかけだ」

「ふりかけって……ご飯にかける？」

「そう。味付けというか……スパイスだ！　スパイス。俺のしたことで公比古の気持ちが揺れると美味しいのが増す」

幣介はスパイスという言葉を思い出して満足げだったが、公比古は複雑だった。食料であり、玩具だと言われた気がした。

「こういうこと、今までもしてたの？　人間の女とか……男とか」

「したことはある。でも、公比古が一番美味だ」

幣介はたぶん褒めているつもりなのだろうけど、なんだか空しい。

「それは……血のせいかな」

「そうかもな」

「そう……」

がっかりすることではない。この血ゆえに二人はここにいる。そしてこういうことになっているのだ。おまえだから……なんて言葉を期待するのもおかしな話だ。

「公比古？　悲しい顔は美味しくない。おまえは気持ちいい顔が一番いい」

幣介が顔を近づけて、公比古の頬を撫でる。

「そう、なんだ……。なんか複雑だけど、幣介は率直で、正直でいいね。ありがとう」

言うことはちょっとずれてるが、元気づけようとしている気持ちは伝わってくる。人の姿なのに狼に見えて、公比古も幣介の頬を撫でた。頬から首筋へ。毛がないと撫でづらい。

「公比古……もう一回するか？」

目を細め、さらに顔を近づけてくる。その顔を押し戻した。

「いや、しないから。今日は終わり。寝るよ」

不満そうな顔。男前の少し情けない顔は可愛い。

横になれば、幣介は仕方なくというように狼に戻って、公比古にぴったりくっついた。黙って寝そべっていた愛介が、頭を胸の上にのせてくる。

「撫でろって？　困ったなあ……可愛いなあ……」

同じようにしないと不満を訴えてくるあたりは本当にペットっぽい。なにも飼ったことはないし、懐かれたこともないのだけど。

手触りのいい頭を撫でながら眠りにつく。

平凡に生きてきた自分に突然降って湧いたありえない幸せ。幸せで怖いというのは、こういうことかと思う。

失いたくない。でも、ペットみたいでもペットではないから、手放さなければずっと一緒にいられるというものではない。そのうちきっと、来た時と同じようにふらりといなくなるのだろう。

たかだか一週間ほどですっかりこっちが飼い慣らされてしまった。

このままではペットロスへの道、まっしぐら。そうならないようにと、心にブレーキを掛ける。

狼は飼い犬にはならない。神の使いを飼い慣らすことはできない。自分は一時のお世話係。

でも、いつかはいなくなるものだからこそ、今だけ……。

そっと二匹の額《ひたい》に口づけた。

縁を育む仕事　切る仕事

公比古が勤務しているのは、イベントプロデュース会社「ハッピーメイキング」。従業員は三十人ほどの小さな会社だ。結婚式だけを専門に扱っているわけではなく、いろんなイベントの企画運営を軸に、カフェやレストランの経営も行っている。

公比古はブライダルコーディネーターなので結婚式関係の業務を主に担うが、他が忙しければ当然のように手伝わされる。ワンマン社長で、人使いはかなり荒い。

社長は資産家で、半分道楽で会社を経営しているような女性だ。自分が持っている別荘を結婚式に利用しようと思い立ち、社員の公比古にブライダルコーディネーターの資格を取らせ、ブライダル部門を立ち上げた。学校に行くお金も社長が出してくれた。

言われて最初はものすごく戸惑った。イベント企画の仕事も気に入っていたのだ。でも今となっては、これが天職だと思っている。

社長には適性を見抜く目と、機を見る目がある。それに引っ張られて進んでいるような会社だ。

ブライダルプロデュース業を始めた当初、当然ながら客はまったくいなかった。別荘の管理をしながら、チラシを作ってはいろんな方向に売り込みをかけ、それでも半年近く客はゼロだった。さすがにこれは商売として成り立たないのでは……と思った頃、別荘で結婚式をしたいというカップルが現れ、手作りで安くあげたいという意を汲んで、一から一緒に作り上げた式は、とても個性的で楽しいものになった。

そこから口コミで少しずつ客が増え、今は常時五組くらいの客を抱えている。とはいえ、相談を受けてから式を行うまで平均して半年ほどかかるので、結婚式は月に一組程度。混む時期と閑散期があり、年明けの今は閑散期だ。

しかしいつも公比古の頭の中は、客の要望にいかに応えるか、どうすればいい式になるかでいっぱいだった。

公比古はいつもブライダルの相談カウンターに座っている。三階建ての自社ビルの一階は、通りに面してガラス張りになっており、会社の受付とショールームも兼ねていた。

観葉植物が多く置かれ、壁にはこれまで請け負ったイベントや結婚式などの写真が飾られ、テーブルにはパンフレットやチラシが積まれている。洗練されたというよりは、賑やかで楽しい雰囲気の室内だ。

場所は繁華街の外れだが、前の道は駅に繋がっており、人通りはそこそこ。隣のフロアに併設されたカフェは落ち着いた雰囲気で、わりと人気だった。

しかしこちらに来る客は少なく、公比古はいつもカウンターの内側で、資料片手に結婚式のアイデアをひねり出していた。

たまに飛び込みの客もやってくるが、だいたいは電話かネットで予約が入る。最初の相談はカウンターで受け付け、それで終わりになることも多かった。結婚式のハウツーをタダで教えてあげるようなものだが、公比古はそれも楽しかった。結婚を決めたカップルの一番幸せな時間を共有できるのだから。

正式な依頼を受けて、具体的なプロデュースの話になると、脇にある個室でじっくり話し合うことになる。

今日の客は三回目の話し合い。年配の男性と若い女性。どちらも初婚で、人とは違う式がしたい、金に糸目はつけないというありがたいお客様だ。

個室のテーブルにカタログを広げ、パソコンを開き、仲よく密着して座る二人を相手に、公比古は柔らかな笑みを向ける。

「私、ドレス選べなーい。これとこれとこれ、全部着ていい？」

「もちろんいいよ、みぃちゃんは全部似合いそうだから」

「きゃー、だから健《けん》ちー大好きよ」

金融関係の会社で役員をしているという五十歳の男性と、水商売をしていたという二十代後半の女性。男性のむちっとした腕に、女性の細い指がずっと絡みついている。

結婚式まではあと三ヶ月ほどだが、二人の間に縁の糸は見えなかった。少なくとも公比古の目には。しかしそういうカップルはけっこう多い。

打算、成り行き、式の直前までこの人でいいのかと悩んでいる者もいる。達也のように子供ができたから結婚を決めたというカップルは、特にその傾向が強かった。

それでも、結婚式の計画を立てているうちに絆が強くなっていき、式の時にはっきり糸が見えた時にはすごく感動する。自分にしかわからない喜びだ。

だから糸が見えないカップルの時は、そうなる可能性を信じて話をする。もちろんそうでない時もできるだけ楽しく、いい結婚式になるよう話をする。

その結果、優しくして女を取るつもりだろう⁉　などという言いがかりをつけられたりもするが、それを気にして冷たくするわけにもいかない。あまり男前でなかったのは、よかったなあと思う。

あの二人のような容姿では、この仕事はやっていけない。

「健二《けんじ》さんは本当に優しいですね。でも、美耶子《みやこ》さんのきれいなドレス姿を三回も見られるなんて、男としては羨ましい限りです。より美しく見えるように演出しましょう」

「いやー、なにもしなくても、みぃちゃんは美しいからなあ」

「やーだー、健ちーったら正直者」

ある意味、二人の会話はとても楽しい。しかし薄っぺらい。会話の端々に、諦めとか、打算といったものが見え隠れする。真実の愛に育つ可能性は低そうに思えた。

しかし、奇跡は起こる。

なにせ狛犬が人になって現れる、なんて奇跡が起こるのだ。しかもその狛犬が狼で、フェラ……いや、それは今思い出すべきではない。首を横に振って振り払う。

「あれ？　どうしたのー、なんかほっぺが顔が赤くなったぞ、駒田くん」

「え、そうですか？　あー、暖房がちょっときついのかな……」

手を団扇《うちわ》代わりにして扇《あお》ぎ、笑ってごまかす。仕事中になにを考えているのか……。

気を引き締め直し、式場を最終決定した。最初は別荘の活用から始まったブライダル事業だが、今はどこの式場でも、式場ではない会場でも手配する。海の上でも山の上でもやったことがある。

「では、次は二週間後に」

「はーい、よろしくね」

公比古がドアを開け、二人は腕を組んで個室を出た。出た先はいつも公比古がいるショールーム。同僚の女性がカウンターで客の相手をしていた。珍しく飛び込みの客があったらしい。

その客が立ち上がって振り返り、公比古は固まる。背の高い男が二人、すっかり見慣れてしまった美形と男前がそこにいた。

「やだ、格好いい……」

呟いたみぃちゃんの手が、健ちーの腕からスッと離れた。

「な、なにしにきたんだよ」

公比古は声を潜めて怒る。

「ん？　僕らも結婚するかもしれないから、相談してみようかなーって」

愛介が言い、幣介はうなずく。

「誰が誰と結婚するって……？　あ、すみません。友人なんです。ちょっとふざけた奴らで。今日はありがとうございました」

二人のことはさておき、客を優先させる。公比古は笑顔で先導し、開いた自動ドアの扉に手をかけて送り出す。みぃちゃんはチラチラと上目使いに愛介たちを見ていたが、健ちーが歩き出すと、仕方なくといったふうについて出ていった。しばらく後ろ姿を見送ったが、腕が組み直されることはなかった。

「見事なお金《かね》色の縁だったな……」

愛介が横に立って言った。

「え？　お金色って、そんなことまで見えるの？　俺には糸も見えなかったけど……」

「公ちゃんに見えるのはごく一部の、キラッキラに輝いてるやつだけでしょ。この世は縁だらけ、糸だらけなんだよ。僕らの目には、物との縁だって見えちゃうんだから」

「あれは、金の切れ目が縁の切れ目、ってやつだな」

真後ろに立った幣介がボソッと言った。ああ、やっぱり……と落ち込みかけて我に返り、二人の腕を引いて外に連れ出す。

「なんでこんなとこにいるんだよ⁉」

結婚の予定などあるわけがない。

「ほら、あれ、なんていうんだっけ？　授業参観？」

「いつから俺の親になったの」

「じゃあ、会社見学」

「それは就職する学生がやることだから」

「よし、じゃあここに就職しよう。お金も稼がないといけないし」

「は？　そんな簡単に就職できると思うなよ。うちだって試験とかあるし、そもそも求人してないから」

「えー、公ちゃんのそばがいいんだけどなあ。世の中を知るには、実際に生活してみるのが一番なんだけど、人の多いところは縁の糸だらけで疲れるんだよね。でも、きみのそばだと楽に動けるから……そばにいちゃ駄目？」

愛介は腰をかがめ、公比古に顔を近づけてフワッと笑う。所作がいちいちホストっぽい。千年生きてきた重みは感じられず、世の中を知る努力など必要ないほど世慣れて見える。

幣介は相変わらず無言で立っているだけ。

「そばって言われても……。とにかく俺は仕事中だから、今日はもう帰って……」

とりあえず追い返そうとしたのだが、駐車場に真っ白な高級スポーツカーが入ってきた。

それを見て公比古は眉《まゆ》を顰《ひそ》める。面倒な人がやってきてしまった。

「あらあらあら、なにこのいい男たちは！　駒田くんの知り合い？」

運転席から降りてきたのは、豊満なボディの女性。長い黒髪、大きなサングラス、肩に毛皮のコートを引っかけ、身体のラインがわかる黒のワンピースを着ている。足は細く、ピンヒールでカツカツと音をさせて近づいてくる。

「社長……。これは、えっと……遠縁の者です」

思わず言ってしまったが、嘘ではない。血縁はないけれど、遠い遠い縁がある。

「あらー、地味イケメンの駒田くんに、こんな派手イケメンの親戚が。ちょっとあなたたち、独身？」

社長はサングラスを取って、近くにいた愛介に顔を近づけた。近眼で老眼なのだ。若く見えるが、社長は五十歳を軽く超えている。

「僕らは永遠の独身です」

愛介は自分の胸に手を当て、にっこり至近距離で微笑んだ。その様子はまさにホストと太客。背後にシャンデリアとシャンパンタワーが見えるようだ。

「あら、いいノリね。ねえ、あなたたち、お暇はあるかしら？　アルバイトしない？」

「は⁉　社長なにを言って……」

公比古はギョッとして止めようとしたが、愛介が身を乗り出す。

「暇だらけです。僕ら、今ちょうど求職中なので」

「グッドタイミングね！　お姉さん、気前いいから、報酬ははずむわよー」

「ご縁に感謝します、お嬢さん」

愛介は嫌みのない笑顔で言った。実際、愛介にしてみたら社長だって小娘だろう。社長もまんざらではないように笑っていたが、その目は値踏みする老獪《ろうかい》な婆のそれだった。

厄介《やっかい》な縁が結ばれてしまった。公比古はそう感じた。

社長はインスピレーションで動くワンマン経営者だ。自分の直感を信じている。それで実績も上げているから、一度こうと決めたら他人の意見など聞かない。今さら自分がなにを言っても無駄だ。

いったい二人になにをさせるつもりなのかと身構えたが、たいしたことではなかった。

「ブライダルのパンフレットを作り直そうと思ってたの。新郎役の洋装と和装にちょうどいいわ。新婦役は……ほら、駒田くんの友達に可愛い子がいたじゃない。優美ちゃんだっけ、長めのおかっぱ頭の子。あの子でいいわ」

「おかっぱって今の若い子には通じませせ――」

言いかけたところでヒールの蹴りが臑《すね》に入った。

「痛い……。わかりました。おかっぱの子に頼んでみます」

優美には前にもモデルを頼んだことがある。臨時収入と喜んでいたので、頼めばまたやってくれるだろう。

「公ちゃん、これでベッド代が返せるぞ」

「そんなにはもらえないと思うけど……。お金はもういいよ」

金銭への執着は強い方だと思っていたのだが、なくなったらなくなったで、また一から頑張ろうとスッキリした気分になっていた。もちろんベッドという対価があったからで、ギャンブルで擦ったなどと言われたらまた違っていただろう。

「モデル事務所に当たってみてたんだけど、こういう雰囲気のある男前、今時の若い子にはなかなかいないのよねえ」

今時の若い子ではないし、雰囲気があるのは当然といえば当然のことだ。

「なにをさせるつもりですか？」

社長の企むような笑顔に不安になって公比古は訊ねた。

「ん？　それはまあ……いろいろよ。でもいいもの作るから、任せなさい」

社長は豊かな胸を叩き、高笑いした。たぶんいいものはできるのだろう。そこは心配していないが……いや、心配する必要はないのか。千年も生きている神の使いを、たかだか二十数年しか生きていない若造が心配するなんておこがましい。

「じゃあ、撮影に入る時には連絡するから。その時はまたスケジュールを確認するわね」

「はい。それはそうと僕ら二人、暇を持て余していまして。なにかこちらに出勤するようなお仕事はありませんか？」

「あら、それなら隣のカフェのボーイをやってよ。いい看板娘……じゃない看板息子になるわ」

「カフェ？　ああ、茶店の給仕ね。それはやったことがないな」

「あら、顔に似合わず古い言い回しをするのね。今月ひとり辞めちゃうから募集かけなきゃって思ってたところだったの。本当、いいタイミングねえ。客はそんなに多くないから楽なものよ。その代わり、そっちのバイト代は普通だけど」

「けっこうです。よろしくお願いします」

あっという間に契約がまとまってしまった。

「幣介もやるの？」

隣に立っていた幣介に訊けば、当然とばかりにうなずかれた。これで客商売ができるのかは謎だが、やる気はあるらしい。

「まあ……頑張って」

神の使いを自称するのだから、カフェのボーイくらいきっと雑作もないに違いない。とは

思っても心配だったのだが、無用な心配だった

翌日から早速二人はカフェでアルバイトを始めた。普段のまま愛介は愛想よく、幣介は無愛想だったが、大きなミスもクレームもなく、それどころか始めてわずか一週間ほどで飛躍的に客が増えた。

二人が入っている間だけ大盛況。イケメンがいると噂になっているらしい。

「いやだ、公ちゃん、あんな知り合いがいるなんて聞いてないんだけど！」

流行に敏感な優美と留美は、早速カフェに来て、その帰りにわざわざ公比古のところに文句を言いにやってきた。

「うん、まあ……遠縁だから。長いこと会ってなかったし」

「あー、久しぶりに会ったらすごいイケメンに育ってたパターン？　でもあの愛介くん、なんで私たちが公ちゃんの友達だってわかったんだろ。向こうから話しかけてきたのよ、公ちゃんのお友達だよね？　って」

神社で会っているなんて言っても面倒なことになる。

「愛介に訊かなかったの？」

「一応訊いたんだけど、可愛いね、なんて言われて舞い上がっちゃって、答え聞きそびれちゃった。周りの女子の嫉妬と羨望の視線が、怖いやら、優越感やらで……。忙しそうだったし、公ちゃんに訊けばいいかって思って」

優美も留美もにやけた顔になっているのが不気味だ。きっと歯の浮くような台詞《せりふ》を言われたのだろう。天性のホストに。

「それで仕事中の俺のところにわざわざ？　俺だって忙しいんだけど」

「いいじゃない。お客さんいないし」

客もいなければ他の従業員もいなかった。就業時間は過ぎて、今はサービス残業中だ。

「今一緒に住んでるから、部屋で写真でも見たんじゃないの？」

「え、マジで⁉　って、公ちゃん私たちの写真を部屋に飾ってるの？　ちょっと気持ち悪いんだけど」

「飾ってるわけないだろ。部屋の隅に落ちてたりしたんじゃないのか？」

「なに人の写真落としてるのよ、ありがたく飾りなさいよ」

「はあ？　気持ち悪いって言ったり、飾れって言ったり……」

優美の言うことに一貫性がないのはいつものことだ。留美はただ笑いながら聞いている。

「で、一緒に住んでるって、いつからよ？　それ、達也は知ってるの？」

「住みはじめたのは、二週間くらい前だったかな。こないだ神社に行ったすぐ後からだから。達也は知らないよ。あれから会ってないし、言ってないから」

なぜここで達也が出てくるのかわからないが、正直に答えた。

「あー。荒れるわね」

「うん、荒れるね」

二人は顔を見合わせ、うなずき合った。

「なんで荒れるんだよ？」

「あいつはね、公ちゃんの一番じゃなきゃ気が済まないのよ。自分は結婚してるくせに」

「それに達也って自分のことをイケてるって思ってるから。公ちゃんと一緒に暮らしてる男がいて、それがあんなイケメンだなんて……どんな顔するかしら。ちょっと見てみたいかも」

二人はニヤッと笑い、優美がメールを打ち始めた。

「なにしてる？」

「達也を呼び出すの。公ちゃんが職場でイケメンと仲よさそうにしてる！　って打ったから、すぐ来るわよ。定時で終わる公務員なんだから。今頃パチンコ屋あたりでしょ」

たぶんそうだろう。すぐに帰ればいいのに、遅くまでよそで時間を潰してから帰る。達也にとって家庭は居心地のいい場所ではないらしい。

ここにもよく来るが、最近は来ていなかった。

「うわ、もう来た。あいつどこにいたの⁉」

ほんの五分ほどで達也は現れた。達也の家からなら二十分はかかる。職場からでもそれくらい。読み通り近くのパチンコ屋にいたのか。

「ここに来ようとしてたんだよ。最近ちょっと仕事が忙しくて来られなかったから……。で、イケメンってなんだよ、公比古。仲よさそうって」

自動ドアが開いて、勢いよく入ってきた達也がそうまくし立て、キョロキョロと辺りを見回す。

「イケメンは隣のカフェよ。なーんと、公ちゃんと一緒に住んでるんだって」

「はあ？　俺はそんなの聞いてないぞ、公比古」

優美が楽しげに言って、なぜか公比古が睨まれる。

「まあ、言ってないし」

「なんで言わないんだよ。そんな重要なこと」

「重要？　ただ少しの間一緒に住むってだけで……大したことじゃないよ」

達也がなにに対して苛立《いらだ》っているのか、公比古にはさっぱりわからなかった。確かに達也は過干渉なところがある。時に鬱陶《うっとう》しい。が、気にかけてくれているのはありがたい。

「で、どんな奴？　イケメンって言ったって……」

達也が言いかけたところで自動ドアが開いた。長身の二人が入ってくる。

「公ちゃん、仕事終わった？　僕ら終わったよー」

愛介は優美と留美にニッコリ笑いかけ、達也に目を向けて不敵に微笑んだ。後ろから入ってきた幣介は、真っ直ぐ達也を見たが無表情だった。

達也はムッとした顔で二人を見る。好意的とはとても言えない顔。

「じゃあ……帰るか」

仕事はしようと思えばいくらでもあるが、急ぐものはなく、もう仕事をするという気分でもなくなってしまった。

「飲みに行こう、公比古」

達也が突然言い出した。

「え？　あ、ああ……まあいいけど」

「酒宴か？　いいね、久しぶりだ」

愛介がニコニコと乗ってくる。

「行く気？」

「もちろん。酒は好きだよ」

愛介の言葉に幣介もうなずいた。誰が金を払うかなどということは考えていないようだ。

微妙な空気もたぶん読む気はない。

「じゃあ、みんなで行くか……」

人数がいればなんとかなるかと思ったのだが。

「残念、私たち先約があるの」

「面白そうだから行きたいんだけど、ごめんね」

「え、待って。二人とも帰っちゃうの？」

去ろうとする女性二人に、公比古は縋るような目を向けた。

「公ちゃん、ファイト。今度話を聞かせてね」

そう耳打ちして肩を叩き、行ってしまった。残ったのは、明らかに不機嫌な達也と、そんなことにはまったく頓着しない二人。楽しい酒の席になるとは思えない。

「達也、また今度ってことでは……」

「俺はおまえに話がある。そっちの二人は遠慮してくれてもいいけど」

「家主のいない部屋に帰るというのは無礼だし、酒が飲みたいし、公ちゃんといたいし」

遠慮する気など微塵《みじん》もなさそうだった。

かくして針のむしろの敷かれた居酒屋へ。

しかしなぜ自分が針のむしろに座らなくてはならないのかよくわからない。達也が不機嫌なのは、二人のことを聞いていなかったからのようだから、話をすれば打ち解けて、楽しく酒を飲める可能性もある。

達也は高校生の頃はちょっとグレていて喧嘩っ早かったが、今は市の水道局に勤める公務員だ。社交性はある。はず。

しかし、六人は座れるだろう座卓の席に通され、愛介と幣介が公比古の両側に座るに至って、その機嫌は最悪になった。

「普通、二、二で座るだろう。公比古、こっちに座れよ」

「ああ、うん……」

立とうとしたら、両側から押さえつけられた。

「これでいいの。僕らは公ちゃんの狛犬だから」

「狛犬？」

「番犬でもいいけど。絡みつく悪しき縁から主を護《まも》るのが我らが務め」

愛介がふざけた調子で朗々と言えば、達也の眉間《みけん》の皺《しわ》が深くなる。

「こいつらちょっと変なんだ、あんまり気にしないで。それより和香《わか》ちゃん元気？　可愛い盛りだろう？」

気持ちが和《なご》むだろうと娘の話題を出してみたが、効果はなかった。

「元気だし可愛いけど……。そいつらなんなの？」

「遠縁の親戚なんだ。少しの間、うちにいることになった」

「いつまで？」

「えーと、いつまで？」

答えに詰まり、公比古は愛介に返答を求めた。最初は何日かという話だったが、それはとうに過ぎている。

「公比古が死ぬまで」

思いがけず幣介から返答があった。シンと変な間ができる。

「幣介はたまに面白くない冗談言うから」

ハハ、と公比古は乾いた笑い声を上げてみる。内心ちょっと嬉しかったのは内緒だ。

「冗談ではない」

空気などまったく読まない男は、きっぱりそう言い切った。

「どういう意味だ？　死ぬまで公比古にまとわりつくつもりか？」

達也のイライラした問いかけに、

「そういうことだ」

これまたきっぱりと答える。

公比古は思わず幣介の表情を窺う。どういうつもりで言っているのか。冗談で言っているとは思わないが、本気だとも思えない。千年生きてきた狼にとって、人ひとりが死ぬまでなんて大した時間ではないのかもしれないが、公比古にとっては一生だ。

迷惑なようであり、嬉しい気もして、しかし想像できないというのが正直なところ。真に受けるにはリアリティがなさすぎた。

愛介は薄い笑みを浮かべて傍観している。

「なんだおまえら、公比古のストーカーか!?　公比古、そんなの迷惑だよな!?」

「え？　ああ、うん、まあ……」

最初は本当に迷惑だと思っていた。でも、わずか数日でその存在に慣れてしまい、今では、いなくなったら寂しい……なんて思っている。そんなことを言ったらどこまでも調子に乗りそうなので口には出さないが。

「俺が腕ずくでどかしてやろうか？」

達也が物騒な顔をして幣介に挑もうとする。

「いや、そういうのはやめてくれ。一応親類だし、死ぬまでなんてあるわけないし。出ていって欲しい時にはちゃんと自分で言うから、大丈夫だよ」

「でも――」

「羨ましいのだろう？」

いつになく饒舌《じょうぜつ》な幣介が、達也を挑発するように言った。

「はあ⁉ てめえ……」

「幣介、達也は結婚してちゃんと自分の家庭を持ってるんだから、羨ましいわけないよ。馬鹿なこと言ってないで、なに飲むの？ やっぱり日本酒？ それとも焼酎《しょうちゅう》とか？」

酒を飲めば、この険悪な空気も少しは和《やわ》らぐだろう。もっと揉《も》める可能性もないではないが。

「あ、僕はワインね」

愛介が顔には似合っているけど、経歴には似合わぬことを言う。

「俺は日本酒。甘めのやつがよい」

幣介は似合っているようで似合わぬようなことを言う。

「面倒くさいな。達也はなに？　ビール？」

「そうだな。浴びるように飲みたい気分だ」

酒に強い達也の言葉に、公比古は憂鬱になった。早く帰りたい。

「じゃあ俺は……ウーロン茶で」

先に酔っ払ってしまいたかったが、酔った狼なんてものを野放しにはできない。酔った達也もまずい。素面《しらふ》でこの刺々しい空気に耐えるしかない。

愛介と幣介は食べずに飲むばかりだった。二人は極端に小食だ。飴ひとつで充分。しばらく食べなくても生きていけるらしい。霞《かすみ》を食って生きる仙人のようなものか。

「お刺身も美味しいから食べてみたら？」

狼は山に棲《す》む肉食獣なので、魚は食べないだろうけど。

「美味しいものなら、僕らには公ちゃんが一番！」

何杯飲んでも少しも顔色の変わらぬ愛介だが、実は酔っているのか、そんなことを言って公比古の肩を抱き寄せる。公比古もこの程度のスキンシップにはすっかり慣れてしまって、なにも感じなくなっていた。

しかし達也は酔って虚《うつ》ろだった目をキッと尖らせ、

「公比古にベタベタ触るんじゃねえ！」

卓を跨《また》いで無理矢理その間に割り込もうとした。ガシャガシャとグラスが倒れ、公比古は慌ててそれを戻す。

「あーあ、なにやってんだよ、酔っ払い」

「酔ってない。俺は怒ってるんだ」

そう言って達也は覆い被さってきて、そのまま公比古は後ろに倒れる。

「達也、しっかりしろ」

押しのけようとしたら、ギュッと抱きしめられた。

「くっそー、なんでだよ、冗談じゃねえ」

その手が身体に巻きついてきて、なぜかゾッとした。ふざけて抱きしめられることなんて珍しくもないのに、なにか怨念のようなものに取り込まれる感じがして、気づけば思いっきり突き飛ばしていた。

「んだよ、そいつならよくて俺じゃ駄目ってのか⁉　ずーっと友達でいてやったのに……」

泣きそうな顔で言われて、思わず「ごめん……」と謝ったが、友達でいてやった、という言葉が胸に引っかかった。

「達也、飲み過ぎだよ。家まで送ってやるから、もう帰ろう」

モヤモヤする気持ちは内に隠し、声をかける。達也がどう思っていても、自分にとって達也は友達だ。

「公比古ぉ……」

また公比古に抱きつこうとして、幣介に片手で止められた。

「ベタベタ触るな」

「は⁉　てめえらに、んなこと言う権利はねえんだよ！　俺は高校ん時から……ずっとずーっと……。割り込んでくんじゃねえ！」

「嫁女《よめじょ》と童《わらべ》がいるのであろう。あんまり絡みつくと、切るぞ」

「切る？　なにを切るってんだよ！　こっちだってなあ、切れる寸前なんだよ」

達也は完全に喧嘩モードで幣介に摑みかかった。幣介はそれを泰然と見下ろし、公比古は慌てて達也を引き剝《は》がす。

「達也、もうやめろ。帰るよ」

愛介はワイングラス片手にひとり優雅に微笑んでいる。飲むと言葉少なになるのだろうか。

支払いは全額公比古がして店を出た。踏んだり蹴ったりだ。後日それぞれに請求するつもりだが、給料日まで極貧生活を免れそうにない。達也に肩を貸し、深々と溜息をつく。

「達也、うちまで歩ける？　そしたら車でおまえん家まで送ってやるから」

公比古のアパートまでは歩いて五分ほど。達也の家は歩いて帰るのは厳しい距離。結局公比古は飲まなかったので、自分の車で送ってやることができる。

「俺も公比古んちに泊まるー」

「駄目だよ、明日も仕事だろ？　ほら、歩いて。奥さん待ってるよ」

「待ってねえよ……グースカ寝てるに決まってる」

達也は公比古に支えられて歩きながらブツブツと嫁の愚痴を言う。愛介と幣介は素面のような顔で後ろからついてきていた。

車のところに辿り着き、愛介たちには部屋に戻るように言って、達也を助手席に乗せる。ついていくと言う幣介を、子供じゃないんだからと突き放した。

「公ちゃん、気をつけてね。なにかあったら大きな声で呼んで。すぐ駆けつけるから」

愛介もなかなかの心配性だ。

「大丈夫だよ。俺は飲んでないからちゃんと運転できる」

基本的に安全運転だし、危険だと思って愛介を呼んでも、その時にはぶつかっているだろう。狼になって駆けつけてくれるのだろうか、と想像したら、ちょっとドキドキした。呼んでみたい気もする。

「仲、いいんだな」

発車してしばらくすると、達也がボソッと言った。寝てると思っていたので少し驚く。

「まあ……そうだな。二人とも優しいから」

「ふーん。俺だって優しいけどな」

「そうだな」

特に否定する材料も見つからなかった。自分の周りにいる人は皆優しいし、いい人だと公比古は思っている。合わない人はもちろんいるけど、そういう人は会った時になんとなくわかるので、穏便に距離を置いて付き合うようにしている。

そういう勘が働くのも血のせいなのだろうか。

「……結婚なんか、しなきゃよかった……」

達也のこの台詞はもう何度も聞いた。

「俺に愚痴るのはいいけど、奥さんの前ではそういうこと言うなよ」

「言ってるよ。でも子供がいるから……」

「そうだな。おまえは偉いよ。ちゃんと責任取ったし、ちゃんと育ててる」

嫌々であっても蔑ろにはしない。カッとなりやすい喧嘩っ早い性格ではあるけど、責任感は強いのだ。それは達也の長所。

「俺、偉い？」

「ああ、偉い。大変だろうけど頑張れよ。ほら、着いた」

車でなら十分とかからない。親子三人で住むアパートの部屋にはまだ明かりがついていた。

「偉いと思うなら、ご褒美くれよ」

達也はシートベルトを外して変なことを言い出した。

「は？　ご褒美ってなんだよ」

「チューして」

達也は自分の唇を指さす。

「は？　さっさと帰って奥さんにしてもらえ」

「奥さんじゃご褒美にならねえんだよ」

ムッとした顔が近づいてきて、危険だなんて思う間もなくぶつかった。唇が、唇に。

驚いて固まっていると、もう一度角度を変えてキスしようと迫ってきたので、それは阻止した。

「た、達也！」

「もうちょっと」

「なに言ってんだ、ふざけんな！」

力任せに突き飛ばす。助手席に戻った達也は、フーッと酒くさい息を吐き出した。

「はいはい、ごちそうさま。送ってくれてありがとな。気をつけて帰れよ。帰ってからも気をつけろよ？」

「さっさと行けよ、酔っ払い」

達也の目はもう酔っている目ではなくなっていたが、そんなことには気づかないふりで車から追い出した。

達也とは高校生の時から七年ほどの付き合いだ。冗談で迫ってきたり、抱きしめられたりということはよくあったが、キスされたのは初めてだ。どんなに酔っていたって、唇と唇が触れるようなことはなかった。当たり前だ。友達なのだから。

愛介幣介とは会ったばかりだが、もう何度もキスしているし、それ以上のこともしている。彼らは友達ではなく、もちろん恋人でもない。遊び相手、ペット、どれもしっくりこない。はたして、どちらとの絆がより強いといえるのか……。

それが比べるべきものでないことはわかっている。だけど達也はたぶん比べて、対抗心を燃やしている。変なところで負けず嫌いだから。

迫ってきた時の達也の顔は、急に飢えた獣のようになって、少し怖かった。襲われる、なんて乙女のようなことを思ってしまった。そんなことあるはずがないのに。

本物の獣である愛介たちは、あんな目はしない。飢えていると言っていたが、達也よりもよほど余裕がある。それはやはり神の使いだからなのか。襲いかかるほどには飢えてはいないということか。

呑ませてくれるから呑んでいるだけ。嫌だと本気で言えば引いてくれるのだろう。その程度の執着。

そんなことをグルグルと考えながら運転していると、あっという間に家に着いてしまった。心の動揺はまだ収まっていないのだけど。

大きく深呼吸して、なにもなかった、と自分に言い聞かせて部屋に戻った。

「おかえりー、公ちゃん。なにもされなかった？」

いきなり愛介に言われる。

「な、なにをされるって……なにもされるわけないだろ」

平静を装ってソファの愛介の隣に座った。愛介は鼻を近づけてきて、狼姿でくつろいでいた幣介も公比古の膝に前脚を乗せて、匂いを嗅ぐ。

「な、なに？」

「うーん……よくないよねえ」

愛介は難しい顔になり、幣介はよじ登ってきて公比古の唇をペロペロと舐めた。

「ちょ、幣介」

避けようとしてもしつこく舐め回される。

「僕ら、嗅覚いいんだよ。……キスされたでしょ？」

「あ、う……」

犬の……狼の嗅覚を侮っていた。というか、匂いでわかるなんて思いもしなかった。

「公ちゃんはさー、自分と繋がってる糸、見えないんでしょ？」

いきなり話題を変えられて、動揺しながらも応じる。キスされた話を掘り下げられるよりいい。

「え？　あ、うん。俺も誰かと繋がってる？」

「誰だって誰かと繋がってるよ。良い縁だけ、悪い縁だけってこともない。どの縁を繋いで、どの縁を切っていくかは自分の判断だ。でも時に、切りたくても切れない縁というのがある。理由は様々だ。親子だったり、仕事上の繋がりだったり、相手の一方的で偏執的な執着だったり……。そういう縁も僕らには切ることができる。でも、基本的に親告制で、勝手に切ることは許されていない」

「へえ。……親告っていうのはつまり、神に祈るってこと？」

「そう。賽銭投げて強く願うか、絵馬に書くか」

「つまりタダでは動かない、と」

「まあ、すんごく必死に願ったら、タダで叶えてやらないこともないけど。昨今、そんなに必死で願う奴はいないし、縁結びなんて頼まれてもできないし。公ちゃんは切ってほしい縁はない？　公ちゃんが切ってほしいって言うならタダで切ってあげる」

「切ってほしい縁なんてないよ。俺はできるだけ多くの人と繋がっていたいから」

「本当に？」

「本当に」

「達也は切れ」

人になった幣介が、膝に手を置いて顔を寄せて言った。

「嫌だよ。大事な友達なんだから。キスなんてあんなの、ただの悪ふざけだから」

目の前で幣介はグルルルと喉《のど》を鳴らして不満を伝える。反射的に頭を撫でて宥《なだ》めようとして、ガタイのいい男の頭を撫でる違和感に、すぐに手を引いた。

「公ちゃんがそう言うなら僕らにはどうしようもないけど。それって、僕らとの縁も切りたくないってことだよね？」

愛介も顔を寄せてくる。

「そうだけど……スキンシップは伴わなくてもいいんじゃないか、と思ってる」

「外来語はよくわからないな」

頬に口づけられ、その手が股間に滑り込んできた。

「わ、わかってるだろ、今まで自分もかなり使ってただろ！」

警察官に職質されると、途端に日本語がわからなくなる不法滞在外国人のごとくだ。わかりませーん、などと言って股間を撫で回す。

「ちょ、ちょ、今夜は酒もいっぱい呑んだし、時間も遅いし」

「あんなの、水を呑んだくらいのものだよ。公ちゃんのを呑まないと元気が出ない」

「俺はおまえらの餌じゃない」

じゃあなんなのか。それがわからなくて不安なのだ。

「餌だなんて思ってたら、キスくらいでイラッとしないよ」

「イラッとしたの？」

「かなり」

「すごく」

二人は声を揃えた。それが嬉しかった。キスされたことに苛立ちを覚えるくらいには、大事だと思ってくれているらしい。

ホッとしていたら、両側から挟み込まれていた。幣介まで手を伸ばしてくる。

「な、なんだよ、幣介は昨日しただろ⁉」

とりあえず順番ではない方を制する。一日一回という約束なので、どちらかは休みになる。順番でない方は下半身には触れてこないのが常だった。

「イラッとしたら腹が減った」

「は？　それって食料だって言って……あ、ちょっ、手を入れるな。洗ってないし」

下着の中に手が入り込んで直に触られる。すると途端に抵抗する気力が萎えてしまう。結局、触られるのは好きで、気持ちいいことも好きなのだ。

「狼、そんなの気にしなーい」

「なんで片言になって……あ、あ、もうやめ……っ」

左右から覆い被さるように、幣介は上を、愛介は下を、口と手で弄り回す。座ったまま逃げ場もなく、右に左に身を捩りながら喘《あえ》ぐ。ただひたすら感じてしまう。

達也相手にはぶ厚い拒絶の壁も、二人が相手だとペラペラに薄い。

それは慣れてしまったせいなのか、立ち位置の違いゆえか。そもそも既婚の男友達と、常識の通じない獣を天秤にかけるのはおかしい。

「食料でも、いいか……」

それが一番わかりやすい。愛介たちは、神様の血を引く人間が出す、美味しくて滋養のある飲み物が好物で貪《むさぼ》っているだけ。こちらも気持ちよくなれるから提供している。そんなギブアンドテイク。

「公ちゃんがそう思いたいならそれでもいいけど。少なくとも僕は、そうは思っていない。幣介は知らないけど」

「俺は……公比古は全部うまい」

「うん、正直でいいと思う」

幣介の答えはいつも単純だ。愛介は結局、どう思っているのかは言わない。

単純でいい。くっついて、舐められて、抱きしめて、二人とそんなことをするのが気持ちいいから……。だからしている。それだけ。深い意味なんてなくていい。

これもご縁だと愛介は言っていた。縁というのは不思議な言葉だ。偶然を必然だったように錯覚させ、大事にしなくてはならないような気にさせる。

俺たちが出会ったことには意味がある――なんてことを思いたくなる。

男女なら、結婚に発展したりもするのだろうが、この縁には行き場がない。どんなに絆を太くしても、なににもならない。

「公ちゃんが選んでいいんだよ、僕らとの縁を切るか、それとも、もっと深く……」

愛介は身をかがめ、公比古の股間に埋めていた顔を少し上げていった。赤い瞳の流し目は、鋭くも妖しくてドキドキする。

「深く……？」

愛介は再び公比古の屹立《きつりつ》を口に含み、答えを返さなかった。しかし根元に添えられていた手が、後ろの谷間へと滑り込む。

「あ、そんなとこ、ダメ……触るな」

拒絶すれば手はおとなしく引いて、ホッとする。

「愛介との縁だけ切りたいなら、俺に言え。切ってやる」

幣介はそんなことを言いながら乳首を舐める。そこに神使の高貴さはなく、ペロペロと獲物を味見する獣のようだった。でもそれが、すごく気持ちいい。

「逆もまた然り、だよ。幣介」

目だけで睨み合う二人。競い合うように舌使いが巧みになって、時折反応を確かめるようにこちらを見るのが堪らない。堪らなく可愛くて、愛おしい。胸が熱くなるのに、この関係に名前はなく、未来もない。

「切らない……よ。絶対、どっちも。切りたくない、んだ……」

二人を、二匹を、手放したくない。この縁が良い縁でも悪い縁でも自分から切ることはたぶんない。

昔から縁を切るということが苦手で、女性から告白されて断るのも苦痛だった。少しでも好意があれば付き合って、結局はふられるのだけど、切るより切られる方がずっと気が楽だった。

本当に自分は縁切りの神様の血を引いているのかと疑いたくなる。

でも、もし血を引いていなければ、愛介たちは自分に見向きもしなかっただろう。自分の中にその血があるから……。だから美味しいのだろうし、力にもなるのだ。

血を持つ器。つかの間の飢えしのぎ。そう思えば落ち込むけど、力になってあげられる自分でよかった、とも思う。

「呑んで……呑んで、全部……」

今、二人にとって自分は唯一無二の相手だ。理由はどうあれ、それは間違いないはず。

血を引く者は他にもいるだろうから、それが見つかれば無二ではなくなってしまうけど。

ずっと誰かにとっての唯一無二の存在になりたいと思ってきた。そういう相手が現れた時、結婚をするのだろうと思っていた。でも、この先そんな人は現れるのだろうか……。

友達も多いし、人には恵まれている方だが、自分が誰かの特別な存在だと感じたことはなかった。親でさえそうではなかった。愛されなかったわけではなく、兄妹が多かったから、特別感は希薄だった。

愛介と幣介は、互いが唯一無二の特別な存在。それが羨ましい。太くて切れない縁の糸を自分も誰かと結びたい。

できれば、愛介と幣介、二人と――。

そんな欲張りなことを考えていると、拒めなくなって、結局二人にイかされ、呑まれた。

我ながらよく出るものだと思う。

「……美味しかった？」

それでも味は落ちるだろうと幣介に訊いてみた。愛介に訊けば嘘でも美味しかったと言うに決まっているから。

「少し薄かったが、美味は美味」

「あ、そう……なにを食べれば濃くなるのかな……」

ネットで調べてみればいいのか。はたしてそんな答えが載っているのだろうか。

「公ちゃん、きみって……。ありがたいけど、頑張る必要はないから」

愛介が呆れ顔で言った。最初は嫌々だったのに、いつの間にか積極的になっている自分が少し恥ずかしい。やってほしくて必死みたいだ。

でも、どうせなら役に立ちたいし、喜ばれたい。そう思って頑張りすぎるのは、仕事でもよくあることだった。それが空回りすることも、失敗して失ったこともあった。

でも今回は失敗したくない。失いたくない。

ベッドに横になると、二匹が両側に密着して、ぽかぽかして心まで温まる。

これは奇跡なのだ。もっと深い縁にしたいなんて贅沢で、未来を求めるのはきっと間違っている。二人は……二匹は、自分とは違う時間軸で生きている、違う生き物なのだから。

ただの人間にできるのは、もう少しだけ、できるだけ長く、そう神に祈ることだけなのかもしれない。


女性の口コミ力は凄まじい。カフェは日増しに客足を伸ばしていた。

社員割引があるので、公比古は以前から昼食はカフェでとっていたのだが、何時に来てもいっぱいということはまずなかった。それが、二人がランチの時間に入るようになると、途端に席がなくなった。最近は二人の勤務時間を午後二時からにして、客の少ない時間帯に有閑マダムを呼び込んでいる。

繁盛するのはいいことだ。女性が愛介たちを見て楽しくなれるのなら、それもいいことだ。いいことばかりなのに、なんだか少し寂しい。

といっても、二人は変わらず愛想よしと無愛想で、懐いているのは公比古にだけ。そこはちょっとした優越感だったりもする。

「駒田くん、最近少し元気ないよね？　少し前まですんごく生き生きしてたのに」

同僚に言われた。

「そうですか？　変わりないつもりなんですけど」

「だって目の下にクマみたいのできてるよ。働き過ぎなんじゃない？」

「いや、そんなに働いては……。ちょっと、気をつけます」

指摘されて一番に思い当たったのは、やりすぎ、だった。でもセックスをしているわけではない。それまでだって自分でやっていたことを、人にやってもらっているのだから、疲れるとは思えない。休みなく毎日というのがさすがに負担なのか。ストレスは一緒に寝ることで解消されていると思っていたのだけど。

いや、そういえばひとつ大きなストレスがある。

「公比古、飲みに行こうぜ」

相談カウンターに座って仕事をしていると、自動ドアが開いて達也が入ってきた。営業時間はもう過ぎているが、公比古はまだ仕事中だ。

キスされてから一週間。顔を合わせづらくてしばらく疎遠になるだろうという公比古の読みは外れ、誘いに来るのはこれで三回目だ。メールや電話ではなく直接やってくるから断りづらい。

前の二回は本当に仕事が立て込んでいたので断った。今日は行こうと思えば行けなくもない。が、正直行きたくない。

以前から友達にしては口出しの多いタイプだったが、愛介幣介に変なライバル心を燃やして、最近はさらに面倒くさいことを言ってくる。

「メールしろって言っただろ。そんなに頻繁に来て、奥さんと喧嘩でもしたのか？」

「まあな」

思わぬ即答に少し焦った。

「え、マジか。でも娘の相手はちゃんとしてやれよ。女の子なんてあっという間に成長して、パパくちゃい、とか言い出すんだからな。俺は年の離れた妹がいるから知ってる」

「それは大丈夫だ。俺は格好いいパパだからな」

「だからあっという間なんだって。後悔するぞ」

確かに達也は若くて格好いいパパだろう。でも、油断していると痛い目を見る。パパ大好きなまま成長する娘なんてごくわずかだ。

「それに……俺、離婚するかもしれないから」

達也が急に表情を暗くして言った。

「え!?」

「相談に乗ってくれないか？」

「あ、うん。わかった」

そう言われては断れない。一大事だ。もし、それを話したくて誘っていたのなら、面倒くさいなんて思って申し訳なかった。

達也に子供が産まれて二年ほどになるが、奥さんと達也の間に糸が見えたことは一度もない。それでも続く夫婦はいる。だいたいは子供か金が鎹《かすがい》になっていた。達也も娘は可愛いようなので、いつか夫婦間にも糸が見える日が来るのではないかと、淡い期待を抱いていたのだが……。

離婚はできれば回避してほしい。

達也に、仕事を済まして行くから、近くの居酒屋に先に行って席を取っておいてくれと頼んだ。一緒に行けばいいのだが、やらなければならないことがある。

「友達と飲みに行くから、先に帰ってて」

カフェの仕事が終わると必ずやってくる忠犬が二匹。仕事で遅くなるから先に帰れと言っても、待っていると譲らない。だから正直に言うしかない。

「友達って、誰？」

やっぱり訊かれた。

「達也」

達也を目の敵にしている幣介の目つきが鋭くなる。

「俺も行く」

「言うと思った。でも、大事な相談があるらしいんだ。今日は遠慮してくれ」

「遠慮はしない」

「してくれ。おまえらと相性が悪くても、俺にとっては大事な友達なんだ。相談には乗ってやりたい。力にはなれないかもしれないけど……。来たら本気で神社に帰ってもらうからな」

強く言えば、幣介はムッと押し黙った。

「わかった。じゃあ先に帰って、お風呂湧かして待ってるよ」

愛介のふざけた調子にホッとしたのだが。

「でも、なにかあったらすぐに、僕の名前を呼ぶこと。いい?」

顔を近づけて有無を言わさぬ目力で言われ、

「はい……」

思わずそう返事していた。

「絶対、俺の名を呼べ」

幣介は愛介にも対抗心を燃やし、身を乗り出してくる。

「はいはい。わかりました。なにもないと思うけど」

「甘い、公比古。警戒しろ」

またキスされるのでは、と心配してくれているのか。しかし今日は離婚の相談だ。そんな浮ついた気分にはなるまい。

二人を帰して居酒屋に行くと、達也はひとりでもう始めていた。すでに生ビールが二杯目。公比古は今日もノンアルコールだ。

居酒屋では、本気で離婚を考えている、という達也の話を聞いた。特に妻に不満があるとか、浮気したとかそういう事件が起こったわけではないらしい。ただ達也が、もう一緒にいられない、とひどく思い詰めた顔をしていた。

娘のために一度思いとどまってみよう、それでもどうしてもというなら、その時にまた話を聞くから、などと、公比古はありきたりな説得に終始する。

夫婦のことは結局のところ、夫婦にしかわからないし、まともに女性と付き合ったことのない公比古に、的確なアドバイスなんてできるはずもなかった。

ただ話を聞くだけ。それでも気持ちの整理はできるだろうと聞き役に徹していたのだが、達也は「俺が悪い」と自分を責めるばかりで、グラスを空けるピッチは速く、珍しく酔い潰れてしまった。

タクシーに乗せようとしたのだが、今夜は帰りたくないと、気のある女子のようなことを言う。

「そこのホテルに泊まる」

そう言って繁華街を歩き出した。ふらつく達也に肩を貸し、歩いて近くのビジネスホテルを目指した。

公園を横切って行こうとしたら、途中のベンチに座り込んでしまう。夜中にベンチで休むにはまだちょっと寒い。しかし公比古はなにも言わず隣に座った。

「公比古……おまえさ、最近ちょっとヤバいぞ」

達也は手を身体の前で擦り合わせながら、顔だけ公比古の方を向いて言った。

「ヤバい？　あー、疲れてるって会社の人に言われたけど」

公比古はコートのポケットに手を入れて、身体を前後に揺らしながら答えた。

「疲れてるっていうか……色っぽいんだよ。おまえ、あいつらに抱かれてるのか？」

「は⁉　い、いや、抱かれるとかそういうことじゃ……」

きっぱり否定すべきだったのだが、しどろもどろになってしまった。抱かれているというのは正しくない。だけど、抱かれていないと言うのは嘘になる気がして、中途半端な返答をしてしまう。

「なあ、男もいけるんなら、俺でもいいだろう？　俺はずっと……おまえが好きなんだよ」

「た、達也？　なに言って……」

思いもしないことを言われて、達也の顔を見る。酔っているのかと思ったのだが、意外にちゃんとした目をしていることに驚き、その顔がズイッと近づいてきて、反射的に後ろに逃れる。

「好きなんだよ！　ずっと……。俺はおまえのおかげで立ち直れたんだ。だからずっと見守っていようと、友達でいようと思ってた。諦めるつもりで結婚もした。でも、おまえがあいつらとって想像したらもう……自分でもどうしようもねえんだよ！」

その剣幕に押されて後ずさり、気づけばベンチの上で仰向けに押し倒されていた。上からのしかかられ、ハッと我に返ってもがく。

「なにする……こういうのはダメだ、放せよ達也、おいっ」

ギュッと抱きしめられ、安心するどころか恐怖心を覚える。首筋に熱い息がかかり、唇の触れる感触にゾッとした。

「や、やめろ……悪いけど、俺はおまえをそういう風には、思えない。すごく、大事な、友達なんだ」

なんとか落ち着かせようと言った。達也が着ているダウンジャケットを引っ張ってみるが、まったくビクともしない。

「俺だって、友達でいようって、何度も……。一回だけでいい。それでたぶん諦められるから」

「だ、ダメに決まってるだろ!?　一回だってダメだ、できないよ、達也！」

力は圧倒的に達也が強く、上から押さえ込まれてしまうと身動きも取れない。

「公比古……」

首筋から頬、そして唇へと、キスされて唇を舐められた。両脚を割って膝が入れられ、股間に手が伸びてくる。そこを触られると、はっきりとわかった。絶対に無理だ。男だからとか、妻子持ちだからとか、そんな理屈ではなく、心と身体がダメだと訴える。

しかしジタバタともがくことしかできなかった。

「達也！　ダメだ、無理だ、……今まで気づかなかったのは、本当にごめん。でも無理なんだよ！」

必死で胸板を押し戻した。普段の達也なら引いてくれている。でも、酔いのせいか想いの暴走か、一層きつく抱きしめられる。

「俺だって無理、もう止まんねえよ！」

鎖骨の辺りをきつく吸われて、背中に回された手がガサゴソと服をめくり上げようとする。まさか本気でやるつもりなのか⁉

「達也！　正気に戻れ、こんなとこで……おい！　ダメ、触る、なっ……嫌っ……愛介、幣介！」

肌に直に手が触れて、耐えきれず助けを呼んだ。

「遅い」

見ていたとしか思えない速さで幣介が現れた。

「本当、呼ぶの遅いよ、公ちゃん。やられちゃうつもりなのかと思ったじゃない」

どうやら実際見ていたらしい。呼ぶまで待機していたのか。

「そ、そんなわけないだろ……」

顔を見たらホッとして力が抜けそうになった。しかし、達也の胸に抱き寄せられ、また身を強張らせる。

「おまえらはなんなんだ⁉　邪魔するんじゃねえ！」

達也は二人を威嚇《いかく》する。友達だと思っていた時には、抱きしめられてもなにも感じなかったのに、今は耐えられないほどの嫌悪感を覚える。

「邪魔するでしょ、公ちゃんが嫌がってるんだから。きみ、ずっと公ちゃんを見てきたのならわかるよね？　たいがいのことなら許容する公ちゃんが、こんだけ拒否してるってことは、本当に無理なんだって」

愛介に言われて、達也は腕の中の公比古に視線を落とした。達也の胸を押し戻す公比古の手が小刻みに震えているのを見る。

「俺はただ、公比古が好きで……」

「好意は相手にぶつけるものではない。包み込むものだ。おまえが執着すればするほど、この縁は悪しきものとなり、公比古を苦しめる。おまえは公比古に仇《あだ》なす鬼になりたいか？」

「うるせえ！　俺は、俺だってずっと、見守って……。おまえらが悪いんだ。おまえらさえ現れなければ、俺はこんなこと……」

達也はもう一度、公比古を抱きしめた。これで震えは収まるはずだと、縋るように。

「まあ、僕らがきっかけにはなっちゃったんだろうけど、時間の問題だったと思うよ？　きみの糸は公ちゃんを雁字搦《がんじがら》めにしてたから。公ちゃんの鈍さと、たいがいのことは許しちゃう性格がそれを助長して、このままじゃまずいなあって思ったんだよね。公ちゃんは身内みたいなもんだから、ちょっとお節介を焼くかって、山から下りてきた。きみは僕らのせいにするけど、きみが僕らを引き寄せたんだ」

「な、なに言ってんのか全っ然わかんねえよ！」

「だろうね。でもちょっと頭は冷えたんじゃない？　一回だけって言えばお人好しの公ちゃんなら押し切れると思ったのかもしれないけど、今の公ちゃんはきみごときのテクではどうにもならないよ。まだ粘るっていうのなら、きみはすべてを失うことになる。我らは公比古を守護する者。これでもわりと本気で怒ってるんだよ」

愛介はニコニコ笑っていたが、その目がスッと細くなり、瞳が赤く光ると、辺り一帯が冷たい威圧感に支配された。シンと静まりかえり、なにかわからず肌がざわめく。

野性など忘れたはずの人間の、本能的な恐怖心を呼び覚ます、なにか——。

達也もそれを感じたのか、青い顔をして公比古から手を離した。

そうして公比古の顔をじっと目つめる。耐えきれず、公比古は目を逸らした。

溜息が聞こえ達也が離れていく。なにか言いかけて、なにも言えずに去っていった。

肩を落とした後ろ姿を見れば、なにか声をかけたくなったが、かける言葉は見つからなかった。

「公ちゃん、大丈夫?」

愛介の瞳は茶色に戻り、纏う空気もいつもの軽やかなものに戻っていた。

「あ、うん。あの……ありがとう」

男友達に襲われているところを助けてもらうなんて、かなり情けない。恥ずかしい。

「いいんだけどね。本当にまったく気づいてなかったの? あの男の気持ち」

「気づいてなかった……」

かまわれすぎているとは思っていたけど、優美たちにはそういうことを仄《ほの》めかされもしたけど、まさか本当にそういう感情だとは思っていなかった。

「鈍いよな、公比古は」

返す言葉もない。ベンチに座って項垂れる。

「俺、こんなんで今まで大丈夫だったのかな……ちゃんとお客様の要望を汲み取れていたんだろうか……鈍くてイライラさせてたんじゃないのかな」

「え、今その反省をするの? その前にこれ整えようか」

愛介は呆れた様子で笑い、公比古の乱れた衣服に手をかける。

「あ、ごめん」

衣服を整えていると、幣介が鎖骨付近に唇を寄せてきた。ペロペロと舐めるのは前回と同じ。しかし今は人間の姿のまま。

「今度はなにされたの？　キスされて、ここを吸われて、それで下は？　撫でられただけ？」

「み、見てたんだろ？　それならもうちょっと早く来てくれても……」

「だって、もしかしたらされたいのかもしれないじゃない？　僕らは賢い番犬だから、ご主人様の意に沿わない邪魔はできない」

「さ、されたいように見えたの⁉」

全力で嫌がっていたつもりだったのだが。

「嫌よ嫌よもなんとやらって言うじゃない？　公ちゃん、わりとそんな感じだし」

確かに、最初に愛介たちにされた時も抵抗した。嫌がって、結局流された。

それとなにが違うのかわからなかった、ということなのだろう。自分でもうまく説明はできないけど、全然違っていた。触れられた瞬間から、なにもかもが。

達也相手に気持ちよくなることはないと断言できる。力で押し切られても、心が流されることはなかっただろう。達也には妻子がいるとか、背景を知っているのも理由のひとつだが、嫌悪感は生理的なもので、愛介と幣介にはそれをまったく感じなかった。

「嫌だったんだ、本当に。キスされるのも、触られるのも」

「俺たちは違う？」

舐めるのを止めて幣介が問う。暗闇にグレーの真剣な瞳。

「違う……違った」

「俺たちは嫌じゃない？」

「……うん」


ためらいながらもうなずいた。むしろ失いたくないとすら感じている。


「人間じゃないから？」

「え……そう、かな。そうかも」

「でも公ちゃん、それってよりアブノーマルだよ？　人間の男は駄目だけど、獣の雄はオッケーってことだよね？」

「う……そっか……。まあそれでもいいけど。二人はどうなの？　俺じゃない人間の男でもいいの？」

「うまいか、まずいか、だな」

幣介の答えはわかりやすい。味次第。喜んでいいのか悲しんでいいのか。

「ちょっと言葉足らずだけど、まあそういうことだよ。じゃ、帰ろうか」

愛介はよく喋るし、開けっぴろげのように見えるけど、本音をうまく隠す。

家に帰ればちゃんと風呂は沸いていて、入って手足を伸ばす。パジャマを着てソファに座れば、隣に座っていた愛介に、じっと顔を覗き込まれる。

「あれに気づかないって、公ちゃんの鈍さはたいがいだね。こっちが心配になるくらい、縁の糸がぐるぐる巻きで、雁字搦めの状態だったのに。普通はああなったら、息苦しくて無意識に離れようとするものなんだけど、平然とそばに置いてるから、鈍いのか、縛られて苦しいのも好きってタイプなのか……と様子を窺ってたんだけど」

「鈍くて悪うございました」

「まあ……あの状態で平然としていられる公ちゃんだから、過干渉くらいで済んでたんだろうね。逃げてたらたぶん、もっと切迫した状況になってた。追いかけてるうちに周りが見えなくなって、妻子も捨てて、ストーカーってやつになってたかもしれない。昔はそういう輩《やから》を鬼と呼んでたんだ。話なんか通じない。好意は呪《しゅ》になって、自分自身をも縛る。今の人が警察に駆け込むように、昔の人は神社や寺に駆け込んでた。悪縁を断ってほしいって」

「悪縁か……」

一番親しい友達との絆を悪縁と言わなくてはならないのか。鬼になんかなってほしくない。どうにかならないものか。視線を落とせば、ラグの上に座っていた幣介と目が合った。

「切るか？」

どこかワクワクしているような様子で訊ねてくる。

「切るとどうなるの？」

「憑き物が落ちたように、おまえのことが気にならなくなる。奴は他に向かうべき糸まで全部、おまえに絡みつかせていた。それを切れば一気に視野が広がる。他に意識が向かうようになる」

「奥さんや子供に？」

「相手が繋がりを求めていれば、結ばれる可能性は高い」

奥さんはどうかわからないが、子供は求めているはずだ。

「じゃあ、切って」

迷う必要はない。即答だった。

「おまえのことは、昔の友達か、ただの知り合い程度の認識になるぞ。記憶は残るから、過去の汚点になって二度と近づいてこないかもしれない。それでもいいか？」

「いいよ。達也は俺なんかに執着するべきじゃない。優しくて責任感も強い奴だから、奥さんや子供を大事にするいい家庭人になれるはずなんだ。ちゃんと幸せになれるはずだから」

どうやっても自分は達也の気持ちには応えられない。親友をなくすのは辛いけど、親友だからこそ幸せになってほしい。

「最初からこの糸は切りたくてしょうがなかったんだよね。縁というのは人だから。人が変われば、悪しき縁が良きものに変わることもある」

愛介が言っているうちに、幣介がその牙で糸を断ち切った。

「あ……」

急速に遠ざかっていくなにか。自分の中の大事なものが失われていく喪失感。

記憶はあるのに、それにまつわる感情が希薄になって、どうでもいいこととして処理される。

これがどうしようもない悪縁であったなら、切れた途端にすっきりするのだろう。

でも公比古にとっては、宝物が海の底に沈んでいくのを見ているような感覚だった。鼻の奥がツンとして視界が潤む。

鼻をすすれば、愛介の胸に抱き寄せられた。

「時間が経てば、縁はまた結ばれるよ」

「本当に？」

「それが縁というものだからね。たとえ間違って切ったとしても、縁があればまた繋がる」

いつも自分が狼たちにしているように頭を撫でられた。こそばゆいが、心が徐々に落ち着いていく。今、独りでなくてよかった。

「間違って切るなんて、あるの？」

「あるよ。幣介はよくやる」

「そういう時は結び直す？」

「そんなことはできない。俺たちにできるのは断つことだけだ」

幣介はまるで悪びれず言った。口をもごもごさせているのは、なにか食べているのか。

「それはひどくない？」

「それも縁だ。糸を消すわけじゃないから、強く想い合っていればまた結ばれる」

「そうなんだ……。でも、切るのは慎重に頼むよ。人間代表として」

「まあ、聞いておこう」

幣介は笑い、公比古の頭をグリグリと撫でた。

縁睦び

達也からの誘いはぱったりなくなった。

「今日も誘ったのよ？　人手が欲しかったから。なのに、娘と遊ぶ約束があるからって断られちゃったの。前は公ちゃんが一緒って言ったら、一も二もなく来てたのに」

「こないだまで放任主義とか言ってたくせに、うちの娘は嫁にはやらん！　とか言ってるのよ。ちょっとおかしくない？」

優美と留美は松葉箒《まつばぼうき》で参道を掃き清めながら、達也の近況を公比古に苦情混じりに訴える。

「いいことじゃない」

公比古は参道を外れ、手水舎の中の落ち葉を拾う。水は刺すように冷たかったが、きれいになれば清々しい気持ちになる。今は少し寂しくても、達也が幸せになれるのなら、それくらいなんてことない。

「そうなんだけどー。公ちゃん、なんかあったでしょ、達也と」

優美が近づいてきて、じっと目を覗き込んでくる。

「別に、なにも」

公比古はじわりと目を逸らした。

「まあいいけどね。達也、表情が明るくなった気がするし。なんだろ、憑き物が落ちたみたいってああいうことを言うのかしらね」

優美は無理に追及しようとはしなかった。

「優美ちゃんは聡いお嬢さんだね」

さりげなく愛介が割り込んできて、優美に笑みを向けた。

今日は神社に来ている。もちろん愛介と幣介が守っている神社だ。

「やだ、お嬢さんなんて初めて言われちゃった」

いつもサバサバしている優美がポッと頬を染める。

「わ、優美が乙女だー」

留美がそれを見てからかう。

「うるさいわね、言われ慣れてないのよ。美人とかきれいとかはよく言われるけど！」

「愛介さん美形だもんね。見つめられただけでドキドキしちゃうよね」

「なによ、あんたがドキドキしてるんでしょ？　あ、留美は幣介さんの方が好みなんだっけ」

「ち、違うわよ、私は黒髪が好きって言っただけ。真っ黒な髪って、格好いいんだもん。私の髪は茶色くて細くて……。私は優美の真っ黒で真っ直ぐな髪が、この世で一番きれいだと思ってるの」

留美が言うと、優美はますます赤くなった。それを見て留美まで赤くなり、二人は背を向け合って参道を掃く。

「お嬢さんたち、今ある縁を大事にね。無理に他の縁を結ぼうとしても、歪んだ縁に幸せはないよ？　素直が一番」

愛介はニッコリ笑って、ご神託のように言った。いや、神託だと言ってもいいのかもしれない。

「愛介さんって……見た目チャラ男っぽいけど、言うことはおじいちゃんみたいですよね……。怪しげな占い師っていうか」

「きみは鋭い感性をしてるね、優美ちゃん」

そしてまたにっこり。怪しげだと言われても、反論はないらしい。

「愛介、無駄に甘い声出さない」

「あれ？　公ちゃん妬《や》いてる？」

「なんで俺が妬くんだよ。それより宮元《みやもと》さんは大丈夫なの？　入院って、けっこう悪いの？」

宮元というのは、この神社の氏子の総代、まとめ役を任された人のことだ。この集落にはもう三十軒ほどの家しかなく、ほとんどが高齢者世帯で、みんなで助け合って神社を守っている。代々宮元を務めてきた家は神社の下にあるのだが、七十歳の老人がひとり暮らしで、跡継ぎとなる子供はいないらしい。

「うん、まあ。よくはないね」

愛介は暗い顔で言った。

この一年ほど病気で入退院を繰り返していることを愛介も幣介も知っている。

「命ばかりはどうにもならないからね」

多くの命を見送ってきたのだろう。その言葉は重かった。

「でも、本当にここって縁切りの神社なの？　縁結びだって聞いたから来たのにー。詐欺《さぎ》じゃない？」

「詐欺って……でもね、悪縁を切ると良縁の結びつきが強くなるんだって。それってよくない？」

「いいと思うけど、なんで公ちゃんがそんなこと知ってるの？」

「愛介たちがお祖父《じい》さんにそう聞いたって言うから、俺も調べてみたんだ。古い文献とか探して……」

まったくの嘘というわけではない。愛介たちの言葉を裏付けるなにかはないかと地元の図書館に行って、いろいろと文献を漁《あさ》ってみたのだ。

神社の起こりに関しては、ここに書いてあった通り。愛介が言っていたのもほとんど同じだった。文献には特筆事項として、狼の御札と狛犬のことが書いてあった。

御札は年に一度、今もお祭りの時だけに配られている。神社の名前と狼が向かい合った姿が刷られ、その上に朱の神璽《しんじ》が押されているものだ。

その御札の古いものに、「悪縁除御守護《あくえんよけおんしゅご》」と文字が入ったものが紹介されており、昔は困った人が駆け込んでくる神社だったという記述もあった。

縁切り神社を裏付けるといえるのは、この二点だけ。狛犬に聞いたと言えたら話は早いのだが、信じる人間などいるわけがない。

「そういえば、幣介はどこに……」

一緒に来たはずなのだが姿が見えない。愛介にこっそり訊ねる。

「久しぶりに山見たら興奮しちゃったみたいで、一目散に……」

「は⁉」

神社の裏山、ご神体でもある険しい山は、今も人の手がほとんど入っていない。近所の人がタケノコ掘りに入る程度らしい。そこは狼の遊び場。思う存分走り回れる場所。

しばらくして幣介は戻ってきた。人間になっているが、髪には草木が刺さっている。服は変化に付随して出しているので汚れてはいない。つまり愛介のチャラい服も、神通力によって出されているということだ。幣介は面倒なのでいつも同じ黒い服だった。

「え、なに？　幣介さん山に入ってたの？　ちょっとワイルドで格好いいんですけど」

ただ髪や顔が汚れて乱れているだけなのだが、男前は得だ。

「楽しかった？」

公比古は幣介の耳元に口を近づけて小声で問いかけた。

「ああ。やっぱり山はいい」

見たことのない満面の笑みが返ってきて、驚くと同時にドキッとした。普段無愛想な男前の破壊力。普段愛想がいい愛介が、たまに無表情になる時もドキッとする。

「そう、よかったな」

思わず頭を撫でそうになって、慌てて手を引っ込めた。

「愛介さんと幣介さんのお祖父さんは、この近くに住んでたの？」

「ああ、昔この近くの集落に住んでて、二人はよくここに遊びに来てたんだって。大事な思い出の場所だけど、世話する人も減って寂れていくばかりで悲しいって聞いたから、なんとかならないかなあと思って。縁結びならうちの会社で結婚関係のイベントをってこともできるけど、縁切りじゃ、ちょっとね……」

留美の問いに、公比古は真偽を交えて答えた。なるべく信じやすいように創作したつもりだ。ちなみに愛介と幣介は、父親が兄弟の従兄弟《いとこ》同士ということになっている。なので、お祖父ちゃんは同じ。公比古は母方の遠縁という設定だ。

「それで公ちゃんがホームページを作ろうって提案したの。公ちゃんって、普段はボーッとしてるのに、なにか企画して実行する時……特に人のためだと、行動が素早くてグイグイっちゃうのよね。バイタリティーなんて言葉、普段の公ちゃんには全然感じないのに」

「ボーッとって……まあそうかもしれないけど」

「費用も三人で等分するって？　しょうがないから友達価格にしておいてあげるわよ」

優美はホームページ制作などを請け負うＩＴ系の会社に勤めている。そこに頼んで神社のホームページを作ってもらうことにしたのだ。

「私は掃除でご協力ー」

そのホームページに載せる写真を撮影するために掃除をしているところ。

神社の世話する人が少なくなっていることも、寂れているのも二人に聞いたことだが、どうにかしてくれと頼まれてはいない。

公比古なりのお礼だった。自分と達也にとって、縁を断つことが最善の道だったから。

それに、どうしようもない悪縁に困っている人は、今もどこかに必ずいる。そういう人を救うことが、愛介と幣介の存在意義であり、生きる糧《かて》。二人が人の役に立ちたいと思っているのは、話していればわかる。来る人は減り、見当違いのお願いばかりされて、それが飢えの原因だったに違いない。

神社が活気づけば、自分など用なしになるのかもしれないけど……

「本当に困ってる人が来るようになったらいいね。その人のためにも、きみたち二人のためにも……」

絵馬を見ながら公比古は呟いた。恋人が欲しいなんて書かれても、叶えてあげられない。悪縁に絡まれている人が目の前にいても、その人が切ってほしいと願わなければ手を出せない。

「ありがとう、公ちゃんは本当に人がいいね。じゃない、いい人だね」

「どっちでもいいよ。俺も人の役に立つのは嬉しいし。二人の役にも立ちたいし」

自分が存在する意味というのは、たぶん自分だけでは見つけられない。人の役に立てるというのは、わかりやすい存在意義の見つけ方。好きな人の役に立てれば、自分のことも好きになれる。

「本当、きみはタケルくんとは違う……」

愛介はボソッと言って、聞き取れずにきょとんとした公比古の頭を抱き寄せ、髪にキスをした。

「な、な、なにっ⁉」

焦って離れれば、ここでも対抗意識を燃やした幣介に反対側から抱き寄せられ、同じようにキスされた。

「な、なんなんだ、おまえら！」

赤くなって離れる。と、留美と目が合った。

「公ちゃん、それはちょっと羨ましすぎるわぁ」

「カフェに通い詰めてる女たちが見たら、羨ましくて袋だたきものよ、今のは。動画撮っときゃよかった。もう一回」

優美が携帯端末を構えて言う。リクエストに応えようとする二人から、公比古は飛ぶように離れた。

「勘弁してくれ。こんなのは冗談だから」

「わかってるわよ、それくらい」

本気で焦っているのは公比古だけだった。たとえ二人がどんなに熱烈なキスをしても、相手が公比古では、誰もがふざけているのだとしか思わない。本人たちもきっと特になにも考えずにやっている。

赤くなっている自分だけが空しく空回っている。

本気のキスなんて、自分にするはずがない。当然だ。そもそも本気になるなんてことがあるのだろうか。本気で人を好きになるなんて……。

愛介たちにかまわれるのは嬉しい。達也がいなくなって余計に、愛介たちとは切れたくないという思いが強くなった。もっと深く、太く繋がりたい。

でも自分たちは対等な存在ではない。

「公比古？」

いつの間にか幣介が目の前に立って、じっと目を覗き込んでいた。心まで見透かすようなグレーの瞳に、公比古は曖昧な笑顔を返す。

「幣介は、なにをしてる時が幸せ？」

その心を知る手がかりが欲しくて、問いかけてみる。

「幸せ……公比古のを呑む時――」

「そ、それ以外で！」

大声で慌てて遮った。優美と留美は愛介と談笑しているので、聞いてはいないはずだが。

「それ以外。山を走ってる時と、すっごい嫌な縁を切った時。それと、頭を撫でてもらった時」

「へえ、そうなんだ。よかった、俺でもできることがあって」

頭くらいいくらでも撫でてやる。

「公比古にしかできないことはいっぱいある。代わりはいない。おまえは、おまえだけだ」

その言葉に胸がギュッと締めつけられた。そしてじわりと熱くなる。

おまえはおまえだけ――当然のことなのだけど、それが嬉しい。代わりはいない――その言葉が欲しかったのだと、与えられて気づいた。

他の誰でもない自分を必要とされたかった。

「ありがとう、幣介」

心から笑みが込み上げ、心からの礼を口にする。じわりと視界が潤んだのは、たぶん嬉し涙だ。

「公比古……呑みたくなった。帰ろう」

幣介は急にそう言って、公比古の腕を摑んで歩き出した。

「え？　は？　いやいやなに言ってんの」

公比古は足を止める。それでも歩こうとする幣介を、止めようとするが引っ張られる。

「なにやってんの？　幣介、公ちゃん」

愛介が怪訝な顔で近づいてきた。公比古の腕を摑んでいる幣介を見て、明らかに不機嫌そうな顔になる。

「いや、幣介が帰るって言い出して。でもまだ写真を撮ったりしないといけないし……」

優美と留美は掃除を終え、今まさに境内のあちこちの写真を撮って回っているところだ。

「呑みたいから帰る」

幣介は短く理由を説明して歩き出そうとした。その腕を愛介が摑む。

「待て。公ちゃんの意に沿わないことはしない。そう決めたはずだ」

表情を消した愛介にじっと見られて、幣介はムッと口を歪めた。

いつの間にそんなことを決めたのか。しかしそういえば、強引に押し切られたのは最初だけ。それからは諾々と流され、無理強い《むりじ》されたことはない。

幣介はしばし黙り込み、愛介を睨んでいた。しかしやがて公比古から手を離すと、神社の裏へと大股で歩いていった。

「幣介？」

「大丈夫、拗ねて走りにいっただけだから、放っておいていい。公ちゃんは僕らのご主人様なんだから、命令すれば従うよ。やめろって、もっと強く言っていい」

「え？　俺がご主人様？　なんで……家主だから？　それとも俺が、神様の血を引いているから？」

「僕らがそう決めたから」

「でも……俺は主人とか柄じゃないし、命令なんてしないし。従うとかじゃなくて、嫌だって言った時には、尊重してくれると嬉しい」

戸惑いながら公比古は言った。家主と居候《いそうろう》であっても、ご主人様と犬ではない。年功序列なら愛介幣介に敵《かな》うものはいない。神の血を引くからという理由で従われるのは、なんだか嫌だった。

「狼は主従にうるさい生き物なんだよ。群れの中でも序列ははっきりしている。僕らははぐれ狼で、タケルくんに拾われて、従うことが幸せだった。きみの中の血に惹かれて近づいたけど、きみはまったくの人間で、傲慢《ごうまん》なタケルくんとは全然違っていて、正直ちょっとがっかりした」

「それは……しょうがないと思う。俺は神様じゃないから」

神様と同じものを求められても困る。縁の糸がちょっと見えるだけの、人間の中でも平凡な部類の人間なのだ。がっかりさせたくはないが、どうしようもない。

「うん、そうだよね。でも、最初はがっかりしたけど、今はきみのそばにいるのが楽しいんだ。なんでも受け入れようと努力するきみを、僕らは護りたいし、従いたい……褒められたいんだよ」

愛介は公比古の手を取り、自分の頭に持っていく。自分よりも高いところにある頭に手を導かれ、公比古は戸惑いつつポンポンと撫でた。愛介にとって、「褒める」イコール「撫でる」なのだろう。

「でも俺は……苦手なんだよ。俺についてこい、みたいなのって」

褒めるのも撫でるのもいいけど、従わせるというのはもっとも不得手とするところだ。

「勝手についていくから。邪魔だって言うなら消えるし」

「え⁉　消えちゃうの⁉」

それは嫌だ。焦った公比古を見て、愛介はニヤッと笑った。

「消えてほしくない？」

公比古の肩を抱き寄せ、顔を近づけて甘く囁く。主人を敬う態度とは思えない。からかうような楽しげな表情。相手を落とせると自信満々のホストの顔だ。そう思うのに、ドキドキしてしまった自分が悔しい。

「顔、近い」

きれいな顔を押して遠ざける。顔を歪められて苦笑する顔もやっぱりきれいだ。

「公ちゃんが消えろと言わない限りは、そばにいるよ」

そう言って、長い舌で公比古の手を舐めた。

「わっ、もう……人間の時にこういうのするなよ」

「わかった。狼の時にする」

愛介はニッコリ笑い、公比古は渋面になる。だけど公比古は内心ホッとしていた。自分が消えろと言わない限りはそばにいてくれるらしい。

「公ちゃーん、いちゃついてないで、ちょっと来てー」

拝殿の前で優美が呼んでいる。どこから見られていたのか。ばつの悪い顔をしながら、ずっとこのまま三人でいられるのだ……と、喜ぼうとした。けれどすぐに、無理だろうな、と思う。いつかきっと二人はいなくなる。当然のようにそう思った。

愛介を信じていないわけではなく、二人の存在はいまだに夢のようで、夢は必ず醒《さ》めると知ってるから。いつまでも夢の時間が続くと思うほど、楽天的な人間ではない。

でも、今はまだ夢の中。二人と出会えたこの縁を良い縁だったと思えるようにしたい。彼らのために、世の中のために、自分にできることがあるのなら全部する。切らなくてはならないような悪縁にはもう、絶対にしたくない。

ホームページは、神社の近所に住む氏子の従兄弟同士が、個人的に立ち上げたものという体《てい》を取ることにした。

公式ではなく、ファンサイトのようなもの。確実な裏付けが取れなかったというのもあるが、近所に住む従兄弟同士の青年たちの顔写真を載せることで、閲覧者を、そして参拝者を増やそうという目論見だ。もちろん、青年たちとは愛介と幣介のこと。二人の顔が客を呼べることはすでに立証済みだ。

そんなことで参拝者を増やしていいのだろうか、罰当たりなのでは……などと少し思ったのだが、

「いいんじゃない？　賑やかになれば、氏子のおじいちゃんやおばあちゃんは喜ぶよ。収入が増えれば、いろんなところを修繕できるし。人が来る理由なんてなんでもいいよ」

と、愛介が言ったので、とにかく神社を認知してもらうことを目的として、やってみることにした。

二人は当然ながら自分の容姿というものにまったく頓着していない。もてたいなんて気持ちはなく、顔は自分で意識して作っているのかと訊いたら、自然にこうなるのだと言われた。

狼の時もきれいな顔をしているので、元々の造りがそうなのだろう。

不細工な狼というものがいるのかどうか知らないが。

「幣介ー、帰るよー！」

神社の裏手、山へと入っていく獣道に向かって公比古は叫んだ。夕暮れが近づき、獣道の奥はもう暗い。昔、この山は人が入ってはいけない禁足地だったらしい。

優美と留美は先に駐車場に行かせた。まかり間違って幣介が狼のまま出現しても大丈夫なように。

「公ちゃんも車に戻ってて。僕が連れてくるから」

呼べども幣介が現れる気配はなく、愛介が狼に変化して山へと駆け上がっていった。その精悍《せいかん》な姿にしばし見惚れる。

神々しいのは白銀だからなのか、神使だからなのか。狼がそもそも神々しいからこそ、大《おお》神《かみ》、御犬様と神に祭り上げられたのか。

あっという間にその姿は闇の中へ消えてしまった。

黒い狼の駆ける姿も見たかったが、言われた通りに駐車場に向かう。優美と留美は車の外に立って待っていた。

「あれ？　お二人さんは？」

「うん、すぐ来ると思うから、車の中で待っていようか。寒いし」

公比古が車のドアを開けた時、木の上からなにかがポトッと落ちてきた。白い紐《ひも》状のそれは公比古の肩に乗り、するりと首に巻きつく。

「ん？」

「キャー！」

二人のつんざくような悲鳴。自分の首元を見下ろせば、白い尻尾《しっぽ》が見えた。

「ひっ」

反射的に摑んで投げ捨てようとして、その瞬間、首筋に痛みが走った。

「痛っ」

一瞬怯《ひる》んだが、摑んでいたそれを放り投げる。

「き、公ちゃん、大丈夫⁉」

「噛まれた、公ちゃんが蛇《へび》に噛まれちゃったー！」

二人がオロオロしているところに愛介が駆けつける。

「なに、どうしたの？」

愛介は真っ直ぐ公比古に走り寄り、首を押さえていた手を外させる。そこには二つの小さな穴が空き、血が滲《にじ》んでいた。

「へ、蛇、蛇に噛まれたの！」

「落ち着いて。どんな蛇だった？」

「白蛇」

「え、私には金色に見えたよ。光の加減かな」

「金色に輝く白蛇……」

愛介は苦々しげにつぶやき、公比古の首に噛みつくように口づけて、吸い上げた。

「ん……」

強く吸われて公比古は痛みに眉を寄せる。

「ど、毒蛇なの？」

愛介は吸い出した血を唾液と一緒に吐き捨て、それを何度か繰り返した。

「いや、たぶん毒はない。それより嫌なものが……」

「え？」

「大丈夫。命に影響するようなものじゃないから。でも、早く帰ろう」

固い表情で言った愛介の横から、いつの間に戻っていたのか、幣介が出てきて無言で公比古を抱き上げた。

「え、あ、別に、歩けるんだけど……」

優美が車のドアを開けると、幣介はその中に公比古を放り込む。そして横にぴったりくっついて座った。

「みんな乗って。僕が運転するから」

愛介がそう言って運転席に座った。

「え、運転って……」

車は公比古のもので、公比古が運転してきた。優美と留美は免許を持っていない。もう達

也はいない。

「できるよ」

愛介はニッコリ笑って、やや乱暴にアクセルを踏み込んだ。


幣介はいつものことだが、愛介までも口数が少なく、車内の空気はどこかピリピリしていた。心配する女性二人を最寄りの駅前で降ろし、無事家に帰り着く。

もう日はすっかり暮れていた。

「運転なんてどこで覚えたの？」

「感覚だ」

恐ろしい返答に今さらゾッとする。しかしその運転はスムーズで危なげなかった。

「公比古、首見せろ」

幣介は言うなり首に齧《かじ》りつき、チュウチュウと吸い上げる。

「痛い、痛いよ、もう大丈夫だから」

「幣介、吸い出せる分はもう僕が全部吸い出したよ。公ちゃんの血がなくなっちゃうからやめなさい」

そう言われて幣介は渋々唇を離した。

「蛇に噛まれるなんて本当びっくりだよ。しかも白蛇なんて」

「あの蛇野郎……今度会ったらぶつ切りにしてやる」

幣介は忌々《いまいま》しく言って牙を剥いた。

「蛇野郎って……もしかして、知り合い？」

「腐れ縁だ、千年ほどの」

「わあ……本当に腐ってそう……。って、じゃあの蛇も神使なの？」

「そう。あっちは縁結びの神で、ざっと九百九十年くらい仲が悪い」

「十年くらいはよかったんだ……。白蛇は縁起《えんぎ》がいいとか言うもんね」

「縁起なんかよくない。白い奴ってのは大体腹が黒いんだ」

幣介の言葉に愛介がピクッと反応し、横目に睨んだが、なにも言わなかった。

「じゃあ俺が噛まれたのって、なんか意味があるの？」

「嫌がらせだろう。公ちゃんが現れて、僕らが元気になったのが気に入らないんだよ、たぶん。あいつは常にこっちの様子を窺ってて、年末になると参拝客の数を集計して、自分のところが多かったなんてことを自慢しにくるような奴だ。陰湿で執念深くてせこい」

「さ、さすが蛇……」

「公比古……」

幣介がまた顔を近づけてきて、公比古は反射的に首を押さえる。

「呑んでいいか？」

断りを入れてくるが、断らせるつもりのない顔をしている。今にも襲いかかってきそうだ。

「血を、じゃないよね？　いいけど、お風呂に入ってきたいかな」

提案してみたが、無言でブンブンと首を横に振られた。まあ、そうだろうとは思っていた。

愛介には主人に従っているという意識があるようだが、幣介にその意識は薄い気がする。公比古に従っているというより、愛介に従っているように見える。

こういうことを始めてからもう二ヶ月近くになるが、順番は律儀に守られていた。

最初のうちは、呑まない方もどこかしらを触ったり舐めたりしていたが、愛介は最近、自分の番でない時は寝室から出ていくようになった。

それが少し寂しいようで、ホッとするようで……。

自分だけ感じて喘ぐのを、ただ見られているのは恥ずかしい。しかし、呑めないなら用はないという態度はちょっと傷つく。自分でもわがままだとわかっている。

主人という感覚はないが、所有欲と庇護欲のようなものはある気がする。自分のものだから責任を持って面倒をみなくては、という意識。

欲しいと言うのならあげよう、あげなくては、と半ば義務のようにも思っている。

じゃあ、と寝室に移動しようとしたら、幣介に抱きしめられ、キスされた。

いきなり、立ったままこんなことをされたのは初めてで驚く。抱きしめられたことも、キスされたこともあるが、それは呑むための前戯《ぜんぎ》のようなものだった。

まるで呑むことよりそれが主目的であるようなキスに頬が染まる。なんだか恥ずかしい。

「公比古……」

間近に熱っぽい瞳で見つめられ、思わず目を逸らしてしまった。

よくわからない焦燥感。愛介に答えを求める視線を向ければ、愛介は難しい顔をしていた。

顎を摑んで強引に視線を戻され、公比古は困惑する。

「幣介、どうしたの？　なんか……違うけど」

様子が明らかにおかしい。昼間から少し変だったが、どんどんおかしくなって、蛇の件が追い討ちをかけた、そんな感じ。

「あ、山を走って興奮したのがまだ残ってるとか？」

愛介がそんなことを言っていたし、幣介も楽しいと言っていた。あの笑顔は無邪気ないい笑顔だったが、今はちょっと後ずさりたくなるような威圧感がある。

取って食われそう……。

「公比古……したい」

「ん？」

「したい。マーキングしたい」

「マーキングって……」

聞いたことはある。しかし咄嗟《とっさ》になんのことだかわからなかった。

「俺のを公比古の中に入れる。俺のものって印をつける」

そうだ、マーキングとはそういうことだ。わかって、顔がカーッと赤くなる。

「な、え、それって……」

焦って愛介に助けを求めようとすると、幣介に強引に唇を奪われた。

「時間の問題だとは思ってたけど……」

愛介の溜息混じりの声が聞こえた。

「発情しちゃったねえ」

「ええ⁉」

唇を離して公比古は声を上げた。

これまで二人が自らの性欲を満たそうとすることはなかった。人間の時も、狼の時も、射精しているところは見たことがない。

公比古が射精すると、それを呑んで満足して寝てしまうから、性欲からやっていることではなく、食欲による行為なのだと理解していた。

神の使いに性欲はないのか、千年も経てば枯れてしまうのか。年中発情しているのは人間だけ、という話も聞いたことがある。だから、自分だけが感じるという行為を続けることができたのだ。こちらは性欲を満たし、そちらは食欲を満たす、そういうギブアンドテイクだと思っていたから。

顔に、首筋にキスされ、いつもより念入りに舐められる。

「発情って、つまりその……」

「公比古と結合する」

幣介は端的すぎる答えをくれた。

「ちょ、ちょっと待て。俺は男だ、雄だ、それはできない」

焦って脳がうまく働かなくて、とりあえず浮かんだことを言ってみる。

「できる」

自信満々に返されて少しムッとした。

「したことあるんだっけ、そういえば。……その、したいっていうのは、狼の本能みたいなこと？　発情期？」

「違う」

そう言って幣介は、助けを求めるように愛介を見た。うまく説明できないらしい。愛介は溜息をついて口を開いた。

「狼の発情期は年に一度、春頃だけど、僕らの発情は人と同じ。したいと思った時が発情期だよ。でも、長くそんなことは忘れてた。枯れたのかと思ってたんだけどね」

「なんで、急に……」

「急ってわけじゃない。でも、悔しいけど蛇野郎に触発されたってのは、あるかな。先にマーキングされるなんて……。許されないよね」

その目がギラッと赤く光った。視線の先には首筋の二つの穴。これが蛇のマーキングなのか。反射的にそこを手で隠す。

「発情したのは、幣介だけ？」

「僕は……もうとっくに。抑えるのもそろそろ限界って思ってたところ」

愛介がフワッと笑った。妖艶ともいえる笑みにドキッとして、じわり後ずさる。

「えーっと……」

戸惑う公比古を幣介が抱き寄せ、愛介も前に進み出る。

前門の狼、後門も狼。逃げ場は見当たらない。

「公ちゃん、どうしても嫌なら、命令して。従うから。お願いは尊重してやれる気がしない」

「え、え……ちょっと待って、ちょっと待って、考える」

手のひらを前に突き出し、必死で考えようとするがうまくいかない。この状況で冷静に考えを巡らせるなんてできるわけがない。

「考えるな、感じろ……と言った奴がいたっけ」

そう言って愛介は、公比古のうなじに長い指を滑り込ませた。ゾクッと身体が反応する。

いつになく、自分の身体が敏感な気がした。

幣介が痺れを切らしたように、公比古を抱き上げ、いわゆるお姫様抱っこで寝室へ向かう。ベッドの上に降ろされ、幣介が上にのしかかってきた。愛介はベッドの縁に腰かけ、公比古の肩の横あたりに片手をついて公比古を見下ろしている。

「マーキングしたい。する」

いつもクールなグレーの瞳が熱っぽく、一気に近づいてきて唇が重なった。腰に押しつけられたのは、今まで知らなかった幣介の熱い昂り。グリグリと擦りつけられれば、呼応するように公比古のそれも熱くなる。

「なんでそんなに、マーキングって……」

言葉が悪いのか、どうも引っかかりを感じてしまう。

「あらかた吸い出したけど、まだほんの少し残ってるんだよ、蛇の汁が。公ちゃんの中に。それが許せない。蛇汁より、僕らのがよくない？」

愛介が脇からそう説明した。

「し、汁!?　……蛇の、汁が、身体の中に……」

聞いた途端に首がモゾモゾしてきた。その汁がどういうものかはわからないが、身体の中に入れていいものではない気がする。

「きみらので消すってこと？」

「そうだ。蛇はきれいさっぱり消えて、俺の匂いになる」

幣介の言い方だとどうにも微妙だが、とにかくマーキングしたい、という想いは伝わってくる。前のめりで、今にも食らいつかんばかりなのだが、一応、待ての姿勢。

愛介は理詰めで、幣介は感情に訴えてくる。とにかく欲しいのだ、と。

それがちょっと嬉しい。理由はどうあれ、求められている感じ。好きだからと迫ってきた達也の時には嫌悪しか感じなかったのに。

拒む気になれない。欲しがるなら与えたい、そんな気持ちがどんどん強くなる。

「公ちゃん、嫌？」

愛介の優しい問いかけが、公比古の迷いを断ち切った。

「嫌じゃないよ。浄化とか匂いとか、よくわからないけど……愛介と幣介なら、いいよ。したいなら……」

待てを解除された幣介が、最後まで聞かずに突進してくる。抱きしめられ、ますます腰を押しつけられた。嬉しい時の犬っぽくて、思わず笑ってしまう。

「俺が先でいいよな？」

幣介は愛介に確認を取るが、一ミリも譲る気がないのは明白だった。

「ま、順番的に幣介だしね。でも、無茶しそうだからサポートしてあげる」

愛介はベッドヘッドにもたれかかり、公比古を自分の胸の上に仰向きに寝かせると、後ろから抱きしめた。

こういう体勢は最初の頃よくあったが、その手が公比古の服を脱がせにかかるのが違うところ。前をはだけられることはあっても、服を完全に脱がされてしまうことはなかった。全裸になる必要はなかったから。それは愛介たちも。

幣介は目の前で一瞬にして全裸になった。服は変化の時に自分の意思で着ているものだから、消すことも簡単にできるらしい。便利だが、マジックのようで、やっぱりちょっと笑ってしまう。

しかし、余裕があったのはここまでだった。

肌と肌が触れ合うと、にわかに緊張する。これからするのは自慰の延長ではなく、給餌でもなく、マーキング、種付け、性交、セックス。そういうものだ。

「ん、ん……っ」

後ろから愛介の指が胸の飾りを捏《こ》ね、声が漏れた。

その声を奪うように幣介に口づけられ、何度も吸われて赤くなった首筋を舐められる。舌の感触にさえ痛みを覚えるが、それも気持ちよく感じてしまう。

「ん……ぁ……」

触れ合うごとに身体の緊張は緩む。だけど心の緊張は増していった。本当にいいのかと、自分の中から声がする。子供はできないけど、いや、できないからこそ……。

「山を走るより、興奮する。ドキドキする……生きてるって感じ。久しぶりだ」

幣介が顔を上げて言った。目が合う。口の端に浮かぶ笑み。

それを見た瞬間、心の緊張も解けた。すべて開け放ち、受け入れる覚悟が決まる。

「俺も……久しぶりだよ。すごくドキドキしてる」

公比古も笑顔を返した。

好きだとか愛してるとか、そういうことではなくても。喜んでくれるならいい。自分に悦ばせることができるのなら、喜んで流される。

肌を合わせ、舌を絡ませ、幣介の手は性急に下半身に伸びてきた。

「ん、あっ……ふぅ……」

少し触られただけで鼓動は跳ね上がり、それを吐息で紛らせる。

男に抱かれるということ、抱かれる側になる戸惑い、すぐに感じてしまう身体が恥ずかしくて逃げ出したくなるけど、幸か不幸かどうやっても逃げられない体勢だった。

愛介に抱かれ、胸を、腹を、その手で撫でられ、くすぐられて、ずっとゾクゾクしている。

感じてしまうのも、それで喘ぐ姿を見られるのも、思えばもう今さらだ。自分が抱かれる側なのも、毎日される立場だったから、抵抗は薄い。

擦られ、咥えられるところまでは。

だけど、ここからは未知の領分。

幣介の指が後ろの穴を捉え、そこを揉まれると身体に力が入った。

「あ、……ん、んっ……」

どうしていいかわからず公比古はギュッと目を瞑った。見えなければ、見られているのもわからない。抱かれる自分を見られるのは居たたまれない。

一対一ならそれほど意識しなかっただろう。

「公ちゃん」

呼ばれてそっと目を開けた。

真上から見下ろしてくる愛介の優しい瞳。でも、潤んだような赤みがかった瞳はいつもとちょっと違う。愛介も興奮しているのか。

頬を両手で包み込まれ、顎が持ち上げられて、唇と唇が重なった。舌と舌が絡み合う。

「大丈夫だよ……」

唇が離れる時に囁かれ、なにが大丈夫なのかはわからないが、安心する。

しかし、ホッと息をついたところで、指を無理矢理突っ込まれて、また息を呑む。

「幣介」

愛介が非難混じりの目を向けると、幣介も非難するような視線を返す。

「今は俺がしてるんだから、俺を見るべきだ」

拗ねたような台詞に、愛介と二人、思わず笑ってしまった。

「ちゃんと幣介の指、感じてるよ……でも、あんまり……あっ、ちょっ……」

正直に言えば、後ろでなんて感じたくないのだけど……。そこに指を入れられるなんて、恥ずかしくて死にそうなのだ。

しかし幣介は、もっと自分を感じろとばかりに中で指を動かす。

「はぁ……ぁ……あぁっ……」

内側を擦られ、広げられて、恥ずかしすぎてなにがなんだかわからない。モゾモゾと動けば、肩から腰、下半身へのラインが淫猥《いんわい》なカーブを描く。鼓動は切迫し、開いた口を閉じられない。

「あ、ぁ、やぁ……」

次第に柔らかく幣介の指を包み込み、呑み込むようになる。擦られると、応えるように肉壁がうねった。

異物を押し出そうとしているのか、中に招き入れようとしているのか。そんなことはもちろん公比古にはわからない。

ただなにか、激しく擦られると熱くなって、感じて、全身にそれを拡散させようとするようにいろんなところがうねるのだ。

指を抜かれると、空虚感に苛《さいな》まれる。

「公比古……欲しい？」

聞きながら、もう押し当てている。幣介が前傾し、熱く硬いものが一点に強いプレッシャーをかけてくる。

先端はもう入っているんじゃないか。公比古の蕾《つぼみ》は開きかけていたが、幣介は一応そこで止まって答えを待っている。

焦らしているのか、忠犬なのか。公比古は答えられず、荒い呼吸を繰り返していた。

「公比古？」

プレッシャーは強くなり、幣介が待ちきれず腰を揺らす。

「い、いいよ……」

とりあえず許可を与えた。ダメだと言う気は元よりないが、欲しいとはとても言えず、ただ容認する。幣介はお預け解除に速攻で押し入ってきた。

「はっ、うぅ……」

めり込んでくる感じに歯を食いしばる。

「幣介、ゆっくりな」

逸《はや》る幣介を諌《いさ》めたのは愛介で、公比古は声も出せなかった。少しばかり緩められていた蕾は、入ってくるそれを受容しようとしたが、許容範囲を超えているようだ。

それでも強引に押し入ってくるのを、公比古はピクリとも動かずただ耐えていた。

「くっ……」

幣介も苦しそうな声を漏らす。進めるのが苦しいのか、ゆっくりが辛いのか。

「……やっ、あ、ああっ……」

愛介が身体をずらし、公比古の胸を舐めながら、すっかり力をなくした股間へと手を伸ばした。慰めるようにそこを擦られると、少しだけ身体から力が抜けた。

その瞬間を逃さず幣介はグッと腰を進める。

「いっ、あっ……ぁあ……んっ」

それはまるで凶器のようだ。無意識に愛介にしがみついてしまう。

「公比古……大丈夫か？」

ギュッと瞑っていた目を開け、幣介に目をやれば、どこかしょんぼりして見えた。股間のものはまったく少しも萎えていないようだけど。

「だ、大丈夫……たぶん」

愛介から手を離すと、幣介は幾分ホッとしたような顔になり、公比古の腰を抱き直す。

「ゆっくり……する」

そう言って小さく腰を揺らし、ゆっくり……と気遣いながら抜き差しを繰り返す。しかしそれも長くは続かず、次第に夢中になって激しくなっていく。

「ん……ンッ……」

愛介は背後に戻り、公比古の身体を抱きしめて支えていたが、幣介の激しさに煽られたのか、公比古の乳首をやや強めに抓んで弄る。

「あ、ん、いた……い、よ……んっ……」

それでも痛みが分散されるのは救いになった。

どんどん身体が熱くなっていき、ジンジン全身が痺れていく。

「あ、あ、あ……いい……ああっ……」

快感は痛みの延長線上にあるものなのかもしれない。

「公、比古……」

熱い吐息に紛れて、名を呼ばれる。薄く目を開ければ、きつく眉を寄せた幣介の、無心に腰を振る姿が見えた。男くさくワイルドなのだけど、夢中な様子が愛らしい。

公比古は無意識に手を伸ばしていた。幣介に向かって。すると幣介は嬉しそうに前のめりになって、唇を合わせる。その筋肉質な背中を抱きしめ、口づけに応えればまた快感が増す。

「ん……んっ……」

後ろから胸を弄っていた手は腹に滑り、背中の真ん中に熱い昂ぶりが押しつけられた。

内に外に熱を感じ、抱きしめて抱きしめられて、なにがなんだかわからなくなる。

「公比古……出る、出すよ、中に……」

幣介の動きがより激しくなり、抉《えぐ》るように深く入ってきた。

「……ぁ……」

ギュッと強く抱きしめられ、身体の奥がじわり熱くなる。幣介の息が、深く、長く吐き出された。

公比古も詰めていた息を吐き出し、身体の力を抜く。

「ごめん、公ちゃん……ちょっと待ってね。人の時も身体機能は狼のままで、射精後すぐには抜けないんだ……狼の時ほど長くはないんだけど」

愛介がそう説明し、幣介は公比古の首や顔にキスを落とした。内側になにかが引っかかって抜けない感じ。無理に抜こうとすると激しい痛みがあるので、おとなしく待つしかなかった。

しばらくするとずるっと中から抜けていき、今度こそ本当に全身から力を抜いた。

「大変だったから今日はもういいよ……って、言ってあげたいんだけど、ちょっと無理みたい。公ちゃんに入れたくて、我慢がきかない。ごめんね、なるべく早く終わらせるから……」

幣介と場所を入れ替え、愛介が上からのしかかってくる。らしくない苦しげな顔、切羽詰まったような声。いつも一歩引いて相手を優先してくれる愛介だから、本当に余裕がないのだろうとわかる。

荒い息遣いとギラギラした目は、発情という言葉がぴったりだった。

「いいよ。俺は大丈夫、だから……」

身体はちっとも大丈夫ではなかったが、拒む気にはなれなかった。明日にして、と本気で頼めば、愛介なら聞いてくれるだろう。でも、今日だけはそれをしてはいけない気がした。受け入れるなら、一緒に――。

「公ちゃん……きみは本当にいい子だね」

幣介は公比古の背後で狼に戻って寝そべった。その横っ腹に頭を乗せる格好。狼枕は嬉しいのだが、自分は終わったから満足して寝るというのはどうなのか。

いつもねっとりと優しい愛介の愛撫も今日は性急で、気が急いているのがわかった。

「愛介の、したいようにして、いいよ……」

許しの言葉の裏には、早く終わらせたいという気持ちもあった。感じるのも体力を消耗する。

愛介はフッと笑って頬を撫で、公比古の膝裏に手を当てて、脚を持ち上げた。

「本当はね、後ろから入れる体勢の方が楽だと思うんだけど……。公ちゃんにマウンティングって、ちょっと抵抗があってね。あれって僕らには順位付けの意味もあるから」

「そんなの、俺は、どうでも……あ、んっ」

話しながら入ってくる。意識を逸らしている隙に、という優しさなのか、テクニックなのか。

愛介はいかにも慣れているという感じがした。それがありがたくもあるけど、嫉妬のような感情も疼《うず》く。

「うん、人間には関係ないことだけど……腹を見せ合う方がいいな。公ちゃんとは」

愛介は身体を前傾させ、公比古に顔を近づけながら、自然に公比古の中へと己の昂りを収める。

「あんまり、痛くないでしょ？　中が幣介ので濡れてるからね……。僕のが幣介のより小さいってわけじゃないよ、断じて」

狼もあそこの大きさで優劣を競ったりするのだろうか。

頭の下で幣介がグルルと呻《うな》った。俺のが大きいという抗議か。どうやら寝ているわけじゃないらしい。

愛介がゆっくりと腰を使う。余裕のなさは入れたら解消されたらしく、公比古の中の感触を味わうように、角度を変え、速度を変え、時間をかける。

「あ……気持ち、いい……」

思わず口を突いて出た。背中の下の枕がピクリと反応する。

じわじわ込み上げてくる快感は、さっきとはまた全然違う。

「破瓜《はか》は幣介だけど、初気持ちいいは僕、だね」

勝ち誇ったような愛介の言葉に、幣介は片目を開けて愛介を睨みつけた。尻尾で左右の布団を強く叩き、不満を訴える。

そんなやり取りは公比古の関知するところではなく、自分の中から生まれる未知の感覚に翻弄されていた。

「ん……ん、ん……ああ、いい……」

指先まで痺れるような快感。気持ちよさに身悶《みもだ》える。

公比古が嬌声《きょうせい》を上げると、幣介がスルリと下から抜け出して、頭が落ちた。見れば幣介は、横に座ってじっとこっちを見ている。

どうしたのかと声をかけようとしたら、愛介がさらに足を高く持ち上げ、上から激しく突いてきた。喘ぎ声しか出せなくなる。

「幣介は……人間とするの、慣れてないから……勉強?」

幣介は愛介の問いに答えず、まるで狛犬のように座っている。

「あ、愛す、け……あ、俺……イッちゃいそう……」

「いいよ、僕ももう……イきそう、だから」

愛介の右手が公比古のものをギュッと摑み、扱《しご》く。

「あ、ああっ」

乳首にざらっと濡れた感触。見れば幣介が身を乗り出して舐めていた。

「や、あ、……幣介っ」

ペロペロ舐められて、その首に腕を回した。前を強く擦られて足が宙を掻き、抱き寄せた幣介の頭に顔を埋める。

「あ、い、イク、イッちゃ……」

なにもない空中にそれを放ったのは久しぶりの気がした。開放感……恍惚《こうこつ》。

しかし後ろはさらに激しく突かれる。

「あ、公ちゃ……。僕のを……出すよ、きみの中に」

眉を寄せた愛介の、いつにない男くさい表情。攻撃的に奥深くへと突き刺され、放たれる。

中が熱いもので満たされる。

「あ、あぁ……幣介のと、愛介ので、いっぱい……」

溢れそう。しかししっかり蓋《ふた》がされている。すぐに抜けないのは、雌《めす》を妊娠しやすくための構造なのだろう。でも自分は……ただただ満たされるだけ。

深く挿したまま、愛介は真上から微笑んだ。

「嬉しいの？　やらしい顔してるよ、公ちゃん」

優しい笑み、だが、支配者の愉悦の表情にも見える。

「ん……嬉し……」

公比古は半ば放心して素直に答えた。

「あ、幣介、馬鹿……くすぐった……」

公比古の腹の上に散った白い液体を、幣介がペロペロと舐め取る。くすぐったくてクスクスと笑う。

気持ちよくて心地よくて、幸せが深く染み込んでいく。身体を繋げてしまった罪悪感は思ったより薄かった。

それはたぶん、二人が二匹になって、満足したように両隣で眠りについたから。

罪だと思うより、好きな人を満たしてあげられた幸せが勝る。これこそが自分の幸せなのだと知った。

真白き邪縁

幸せは長くは続かない、という定説はなかなか覆せない。

覆せないからこその定説なのだろう。倫理観や道徳観というものは、無視しようと思っても自分の中にある良心を攻撃してくる。

——本当によかったのか？

人ではない、同性の、しかも複数と。そんな三重苦。狼《おおかみ》だって本来、番《つがい》は雄《おす》と雌《めす》の一対一だ。

しかし、ここまで来ると、人の倫理観に当てはめるのも意味がない気がする。

公比古《きみひこ》は単純に、欲しいと言われるのが嬉しかった。マーキングでもなんでも、自分だけを欲しがってくれるのが嬉しくて、受け入れたかった。

両親は忙しく、五人兄妹の真ん中は、放任されて育った。わがままを言うこともなく、道を外れることもなく、平凡な人生を歩んできた。

付き合った女性もわりと自分と同じようなタイプで、平和に付き合って、なんとなく別れた。

人に必要とされると応《こた》えたくなる。その欲求が強すぎて流されてしまうこともあったが、達也《たつや》に強く求められて、自分にも無理なことがあるのだとわかった。人より許容範囲は広いが、誰でもいいわけじゃない。

これは、愛介《あいすけ》と幣介《へいすけ》の二人だから……。他の誰かではダメだし、どちらかひとりを選ぶこともできない。

平凡で真面目で、人のよさが取り柄みたいな人間だったのに、どうしたことか。

二人の男に、毎日抱きたいなんて言われて喜んでいる。毎日は辛い……なんてことを言いながら、やり始めたら気持ちよくて止められない。

そういうのを全部、色を好んだという神の血のせいにしている。

そして、二人を夢中にさせているのもきっと、この血なのだろう。他に自分が執着される理由なんて思い当たらない。ただの主従だったらしいが、惹《ひ》かれるのはきっとそれだ。

そう思うと少し寂しい気もするが、この血も自分だ。

「公ちゃん、どうしたの？　なにを憂いてるの？　幣介が下手すぎて疲れてるのかな？」

そう言って顔を覗《のぞ》き込んできた愛介は、白いタキシードを着ていた。

長身、美形、物腰は柔らかく品がある。まるで貴族か王子様。

「俺は下手じゃない」

幣介がムッと言い返した。こちらはいつもの黒い普段着。

昨夜は幣介が公比古に入れる番だった。二人は呑《の》むのと入れるのを交互にすることにして、必然的に公比古は毎日入れられ、出すことになった。休みなしではさすがにやつれそうなものだが、自分でもおかしいんじゃないかと思うほど好調だ。これが絶倫の血……。

「そんなことで揉《も》めるなよ……」

「下手じゃない」

「はいはい。幣介は一生懸命でとてもいいと思う。愛介は……まあ、慣れてるよね」

ちょっと嫌みな言い方になってしまった。

「公ちゃんのために、腕を磨いてたんだよ……という感じでどうかな？」

愛介はまったく悪びれない。千年生きている者に、ウブさを求める気は公比古もない。彼らの過去は歴史だ。

「どうかな？　って言われても」

「本当にそんな気分なんだけどね」

「俺だって、公比古だから欲しい、他の人間は欲しくならなかった。という感じだ」

「あ、それはちょっと嬉しいかも……」

幣介がニッと笑い、愛介がムッとする。

「言っておくけど、毎日幣介の相手してたら、公ちゃんはもう壊れてるよ」

「あ、それはそうかも……」

今度は幣介がムッとして、愛介がニッと笑う。

そんなことが楽しいのだ。三人がいい。どっちかなんて選べないし選びたくない。

しかし、食欲なら二人交互に、平等に、というのもありだったが、性欲となると途端に良心が疼《うず》く。淫《みだ》らでふしだらな関係——なんて、今まで自分とはまったく縁のなかった言葉だ。

でも、恋人ではないのだから、二股とは言わないはず。じゃあ遊びなのかというと、それもなにか違う。二人にマーキングされるというのはつまり、どういうことなのだろう……。

変な関係。変な縁。いったいいつまで続くのか。

このままずっと三人で、というのは、やっぱり甘い夢だと思うけど、それでも夢を見たい気持ちはどんどん強くなっている。

「花嫁、できましたー」

声がしてそちらに目を向ければ、優美《ゆみ》が真っ白なウエディングドレス姿で入ってきた。

ここは社長の別荘を改装した結婚式場で、以前約束した新しいパンフレット撮影のために来ている。

「結婚、か……」

それはずっと一緒にいられる証《あかし》。死ぬまで添い遂げる約束。

遠い夢だ。恋人ですらないのだから。好きだなんて一言も言われていない。でもマーキングというのは、狼でいうところの……なんだろう。

「結婚……したいの？　公ちゃん」

愛介に問われてハッと我に返る。羨むような顔をしていたのかもしれない。

「え？　そんなはずないよ、相手もいないし。でも、あの、マーキングって……」

その意味を問おうとしたのだが、

「おーい、新郎、いいかな？」

撮影スタッフの声に遮られた。

「はーい。公ちゃん、今なにか言った？」

「あ、いや、なんでもないよ。頑張ってきて」

愛介は撮影に向かい、幣介は着替えに呼ばれていった。

今回、パンフレットを作り直したのは、敷地内に小さなチャペルを建てたためだった。公比古がそれを聞いたのは、すでに完成間近な時。驚いたが、事後承諾はいつものこと。パンフレットの企画会議には参加して、いろいろと案は出した。

そして、狛犬《こまいぬ》がタキシードを着てチャペルで新郎をやるというシュールな光景になった。もちろん変だと思っているのは公比古だけで、誰も少しの違和感も覚えてはいない。

ステンドグラスをバックに、純白のウエディングドレスの優美と、タキシードの愛介が並ぶ。

「まるで夢の中みたいな景色ねえ。きれいな顔ときれいな衣装って凄いわあ」

隣にやってきた留美《るみ》がしみじみと言った。優美の付き添いで来ているのだ。

「だな。別人みたいだ」

白いベールを被った優美は、普段の雑な振る舞いが嘘《うそ》のように、清楚な新婦に見えたし、愛介は、髪をきっちり整えているせいか、とても誠実な新郎に見えた。日頃の行いなど写真には写らない。

「公ちゃん、蛇《へび》に噛《か》まれたのはもう大丈夫なの？」

「うん、心配かけてごめん。全然なんともなかったから」

「でも首筋、まだ赤いよ？　もう十日くらい経つよねえ？」

「え？　あ、そう？　俺、皮膚弱いみたいで」

親の敵《かたき》みたいに二人がそこを何度も吸ったからに違いない。

「公ちゃん、色白だもんね。皮膚《ひふ》も薄い感じ。あの時の公ちゃん、白雪姫みたいだった！」

「は？」

「毒リンゴを食べて倒れた姫を、王子がキスで目覚めさせる、みたいな感じ」

「それ……俺が姫なんじゃなくて、愛介が王子だってだけだろ」

「うん、まあ、そうなんだけど」

「優美だとまったく見劣りしないな。王子様とお姫様だ」

「そうね……」

二人ぼんやりと神に誓いを立てる二人を見つめる。

男と女が並ぶ姿は美しい。結婚して社会生活を営み、できれば子を育てて、孫を可愛《かわい》がる。

それが普通で、理想的な人の生き方なのだと思う。

自分もいつかそういう人生を歩むのか。今はまだまったく考えられない。

「留美はいい奥さんになりそうだよな」

「公ちゃんだって、いい旦那さんになりそうだよ？」

「そう？」

「そうよ。でも私……いい奥さんになんかなりたくないの。ただ好きな人と一緒にいられたら、それだけで充分」

「俺も。俺もおんなじこと思ってた。人に褒められなくても、理解されなくても、それだけで充分幸せだよな」

「だよね。やっぱり公ちゃんは話が合うわー。あ、仕事柄、合わせるのが上手なだけ？」

「違うよ。本当にそう思ってるし、俺も留美とは話が合うって思ってるよ」

「じゃあ私たち、付き合っちゃったらいいんじゃない？」

「あー、いいかも。なんでそれ思いつかなかったかな」

二人で顔を見合わせて笑う。お互いにそんなつもりがまったくないのはわかっていた。

留美は可愛い。顔も仕草も小動物みたいだ。だけど知り合ってから六年、ただの一度も付き合おうなんて思ったことはない。たぶん留美も同じだろう。

「思いつかなかったのは、そういうご縁じゃないからじゃない？」

思いがけず近くで声がして、見れば白いタキシードの男が立っていた。不機嫌そうな顔をして。その後ろには和装に着替えた幣介が、いつものように無表情に立っている。

「そうよ。なんか楽しそうに話してるなあって思ったら……なにが、付き合っちゃったらいいんじゃない？　よ。全っ然よくないわよ」

ドレスの新婦もすこぶる機嫌が悪そうだ。

「愛介も優美も、すごく格好良かったし、きれいだったよ。幣介も和装似合うね」

空気の悪さを感じながら、公比古は三人を褒める。留美もそれに追随して褒めたが、三人の視線が冷たくて、顔を見合わせる。どうやら留美もなぜこんな空気なのかわかっていないようだ。

気が合うというより、似ているのかもしれない。

公比古は愛介に腕を摑《つか》まれて控え室に連行される。後ろから幣介もついてきた。留美も優美に連れていかれる。

「公ちゃんは彼女欲しいの？」

「女好きの血か」

二人に責めるように言われて、慌てて首を横に振った。

「あんなの冗談だよ。留美もそんな気はないって、二人ならわかるんじゃない？」

仲のいい友達という以上の絆《きずな》などないはずだ。

「今はそうでも、縁というのは育つものだから。なにがきっかけになるか……。でも、ごめん。彼女が欲しいって普通のことだよね。結婚して、子供作ってっていうのは、人の営みの基本だ。僕はなにを……」

「愛介……？」

「公ちゃんがそういう生活をしたくなったら言って。僕らはいつでも引くから。邪魔はしたくない」

「引くって……どうするの？」

「元に戻るだけだよ。山できみの幸せを祈ってる」

愛介の言葉にショックを受けている自分を不思議に思う。前にもそう言われたじゃないか。消えろと言ったら消える、言われない限りはそばにいる、と。

でも、それは深く交わる前のことだったから、関係が深まって、愛介たちはもっと自分に執着してくれていると勝手に思っていた。

自惚《うぬぼ》れだったのか。邪魔だ、の一言で簡単に切れてしまう程度の細い糸しか、まだ結べていなかったらしい。

欲しがられることに浮かれていた気持ちがスッと冷めていく。求め合って満たし合って、切っても切れない太い糸になっていると思っていたのに……。

「幣介も？」

「俺はそばにいる。女との縁なんか切る」

その言葉にまた浮かれそうになったが、

「幣介、それは絶対にまかりならん」

愛介の珍しい断固とした口調に諫《いさ》められ、また沈む。幣介はムッと押し黙った。

「それでいいよ、幣介。俺のためなんて考えないで、自分の気持ちで動いていい」

「僕らにそれはできないんだよ。許されない」

愛介は譲らない。表情は苦しげで悲しげなのだが。

「許しって、誰の……」

公比古が問いかけたところでノックの音がして、応えも待たずにドアが開き、社長が入ってきた。

「ごめんねー。和装で頼んでた女の子が、来られなくなっちゃったの。優美ちゃんに和装も頼もうと思ったら、この後用事があるって言うのよ。しょうがないから、後日ってことでいいかしら。着替えてもらって悪いんだけど」

場の空気など読む気もない社長は、入って来るなり早口で用件を告げた。

「公比古でいいと思う」

「は？」

「俺の嫁は公比古でいいと思う」

「な、なに言ってんの、幣介。パンフレットなんだから、ちゃんときれいな女の人で撮らないとダメなんだよ」

子供に言い聞かせるように言ったのだが。

「ふむ……いいかもね」

社長は公比古の顔を、全身を改めて観察しながら言った。

「綿帽子《わたぼうし》を被れば顔はだいぶ隠れるし。駒田《こまだ》くん、肩幅あんまりないし、顎《あご》も首も細いしね。喉仏さえうまく隠せれば……」

「しゃ、社長!? いくらなんでも悪ふざけがすぎます。俺は着ませんよ」

「あれー？ ご恩は一生忘れません、社長についていきます、社長が言うなら女装なんて屁《へ》でもないです！ みたいなことを言ってたのに、あれは口だけだったのかなあ」

「ねつ造しすぎです。そんなこと言ってないし。パンフレットで笑いを取ってどうするんですか、台無しですよ」

「じゃあ試しに着てみるってことで、どう？ どうしようもなかったらやめるわ」

「いや、着てみなくてもわかるでしょう」

「わからないわよ、私は神様じゃないもの。失敗したら笑えばいい、成功すれば儲《もう》けもの、そういう精神で私はここまで来たの」

言い出したら聞かない人だということは、社員なら皆知っている。もうなにを言っても考えは変わらない。

「神様にもわからないことはあるらしいし……わかりました。着ます。着ればいいんでしょ」

少々の無駄な時間と笑い者になることを諦《あきら》めればいいだけだ。

まずは白無垢《しろむく》。綿帽子を被れば確かに男か女かなんてわからない。胸にはこれでもかとタオルを詰め込まれたけれど。

意外と似合うかも……などと姿見の前に立ち、誰もいないのをいいことに、前から後ろから確認する。

そこに、ノックもなく白い狩衣《かりぎぬ》を着た男が入ってきた。驚いて、身構える。

「神主《かんぬし》さん?」

神主なんて手配した覚えはない。それにここは一応、女性用の支度室だ。

「おぬしは女……ではないな。男のくせに面妖な格好を。しかし白無垢は死に装束、死んで生まれ変わる。ちょうどいいかもしれぬ」

白く細い指で顎を持ち上げられ、公比古はその手を払った。

男は公比古より少し身長は高いものの、華奢《きゃしゃ》で神経質そうに見えた。艶やかな髪、白い細《ほそ》面《おもて》、細い目に銀縁の眼鏡《めがね》。真面目そうなのに、纏《まと》っている空気は異様で、近づかれると後ずさらずにいられなかった。

「しかし匂うな。獣くさい。契《ちぎ》ったか……愚かな」

「あ、あなたは誰ですか⁉ 出ていってください」

「臭くとも、貴重な神の血だ。狼どもに独占はさせぬ」

「え？」

狼と言った。神の血と。それはつまり……。

男はスルリと間合いを詰め、公比古に身構える隙《すき》も与えず腰を抱き寄せた。口を開けば細く鋭い歯が見えて、それが首筋へと――。

「公比古に触るな！」

声がして、次の瞬間、男は吹っ飛ばされて後方の壁に激突していた。

飛び込んできた幣介が、男の首根っこを摑んで放り投げたのだ。幣介は公比古を腕の中に抱き込むと、牙《きば》を剝《む》いて、痛みに呻《うめ》く男を威嚇《いかく》する。

「乱暴な……。まあ、主も粗暴であったから、躾《しつけ》がなってないのは仕方ない」

男は立ち上がって、袴《はかま》の裾《すそ》を払った。

「うるさい、蛇。ぶつ切りにするぞ」

「え、蛇ってまさか……こないだの？」

「先日は少々急《せ》いておったので失礼をした。しかし狼と、しかも二匹と契るか。節操のない汚《けが》れた花嫁よ」

その言葉に公比古は青くなった。事実を見抜かれ、節操がないと言われれば返す言葉はない。

「公比古、こいつの言うことは聞かなくていい」

「おぬしは知っておるのか？　この世の輪から外れた者と契れば、契るほどにこの世との縁が希薄になる。人としての生をまっとうしたければ、今すぐ縁を切ることだ。私の元に来れば、良き縁を結んでやると約束しよう」

「嘘ばっかり言うな！　蛇、出ていかないと、本気で噛み殺すぞ」

幣介は公比古を強く抱きしめ、男に向かってグルルと呻る。

「嘘ではないし、おまえごときに殺される私ではない。が、今日はひとまず退散してやる。人間、よく考えよ」

蛇男はニヤリと笑い、出ていった。

「公比古、大丈夫か？」

幣介は公比古の正面に立ち、無事を確認するように、白い首筋に指を滑らせた。

「あ、うん。なにもされてないよ。あの人が、こないだの白蛇なの？」

「そうだ」

「へえ……。よくわからなかったんだけど、さっき言ってたことって——」

問おうとしたところに、また社長が入ってきた。今度は愛介も一緒に。

「どうしたの？　なにかあった？」

愛介は室内に残る不穏な気配を敏感に察したようだが、

「あらあら、いいじゃないの、駒田くん！　やっぱり着てみないとわからなかったでしょ。上等よー。さあさっさと撮影しちゃいましょう。今回はハイクオリティ、ローコストね。ありがたい」

社長は上機嫌でまくし立てる。

公比古は蛇の登場に気持ちを持っていかれて、社長の押しに抵抗する気力もなかった。言われるがままカメラの前で花嫁を演じる。

幣介と顔を寄せ合ったり、シャボン玉を飛ばしてみたり。企画した自分を呪《のろ》った。

幣介はいつも通りの無表情だったが、上の空なのが公比古にはわかった。

それでも写真としてはなんの問題もなく、公比古としては不本意に、社長は上機嫌で、撮影は終了した。

×××

「愛介……」

幣介は和装を解《と》いて私服を装着し、愛介を人気《ひとけ》のない木陰に連れ込んだ。周囲を見回し、公比古の姿がないことを確認する。

「どうしたの？　公ちゃんの白無垢きれいだったけど、表情固かったし、幣介も様子がおかしかったね。さっき控え室でなにかあった？」

愛介はにこやかに、しかし幣介の表情を冷静に窺《うかが》いながら問う。

「蛇が来た」

「蛇……。なにかされた？」

スッと愛介の目が細くなる。

「公比古が噛まれそうになったけど、ぶっとばした」

「そう、よかった。よくやった」

愛介はホッとした表情を見せて幣介を褒めたが、幣介は俯《うつむ》いた。

「こないだ、俺のせいで噛まれたから」

「なに、気にしてたの？　別にあれは、おまえのせいじゃないよ。それより今日はなにがあったの？　なにか、あったんだろう？」

噛まれていないのなら、なにがあったのか。

「蛇が変なことを言ってた。俺らみたいな、この世の輪から外れた者と契ると、この世との縁が薄くなるって。俺はそんなの知らなかったから、公比古には嘘だって言ったけど。おまえは知ってるか?」

愛介は眉《まゆ》を寄せ、首を横に振った。

「それは僕も知らないけど……そういえば、タケルくんは同じ女性と二度寝ることはしなかった。そして寝た女性は必ず、あの蛇んとこの神様に、良縁を結ばせてた」

「それって……」

「ただ飽きっぽいだけかと思ってたんだけど、そうじゃなかったのかもしれないね。……ここらが潮時ってことか……」

「潮時? 公比古と離れるってこと? 俺は嫌だぞ」

「でもな、最初はすぐに離れるつもりだっただろ? 公ちゃんに絡みついてたあの糸が気になって……というのは口実で、公ちゃんの中のタケルくんの気配が懐かしくて、懐きたくなって。ちょっと頭撫でてもらえたらいいなって程度の、軽い行動だったじゃない。それが、糸を切っても離れがたくて、公ちゃんのそばは居心地がよくて、思わず……懐きすぎてしまった。このままだと僕らが悪縁になりかねない」

「交尾したから?」

「そうだな。僕らの匂いが公ちゃんを人から遠ざけ、蛇みたいなのを呼び寄せてしまうんだろう。蛇は鬱陶《うっとう》しい奴だが嘘はつかない。それに、今はまだ、言われてみれば……という程度だけど、公ちゃんと繋《つな》がってる糸の輝きが、僕らとのもの以外、薄らいでいるように感じる。僕らは離れた方がいい」

「愛介はいつもそうやって、先読みをして我慢する。相手の負担にならないように軽いふりをして、嫌がられたらすぐ引いて。でも、公比古は自分の気持ちで動けって言った」

「それで？　僕らが公ちゃんに執着して、なにかいいことがある？　公ちゃんが人間の中で孤立してしまってもいいの？」

「でも……なにもしないでそばにいるだけなら」

「そんなの意味がないし、おまえにはできないよ。そばにいて、なにもしないなんて」

「できる」

「できない」

愛介は冷静に即答した。

「できる！」

幣介は目つきを鋭くして、子供が強情を張るように言い張ったが、

「できない！　僕にだってできないのに、おまえにできるわけない！」

愛介が滅多にない大声を上げ、幣介は一瞬怯《ひる》む。感情的な声を久しぶりに聞いた。愛介はばつの悪そうな顔になり、幣介は溜息《ためいき》をついた。

手放したくない想いはどちらも同じ。

「やせ我慢」

「そうだよ。僕は後悔したくないんだ。人の一生は短い」

「だからって、先回りしすぎだ。愛介はタケルの時だって……」

幣介はなにかを言いかけ、鼻をクンと鳴らした。近づいてくる匂いを嗅《か》ぎつけて、黙る。

「いた！　二人でなにしてるの？　密談？」

漂う公比古の匂いに、人にはない匂いが混ざっていることに幣介は気づいた。マーキングしたので当然だ。それは二人にとって芳《かぐわ》しいものだが、人間には不快なものだろう。

「いや、別にたいした話じゃないよ。僕らは自然の中にいる方が楽なんだ」

愛介は早速、牽制球《けんせいきゅう》を放った。

「そっか……。家にも観葉植物とか置く？　……帰ろっか」

公比古は少し困ったような笑顔を浮かべ、伺《うかが》いを立ててくる。

公比古が別れを恐れているのはわかっていた。だからこそそばにいてやりたいが、どんなに望んでも願っても、叶えられないことはある。千年生きてもどうにもならないことはある。いっそ命令してくれればいいのだが、公比古はそれをしない。そこがタケルとは決定的に違うところだ。

「うん、帰ろう」

結論を少しだけ先延ばしにして、仮初《かりそ》めの巣に三人で帰る。

×××

家に帰り着いて、公比古は二人の様子がおかしいことに気づいた。いや、帰る道すがらから感じてはいた。元気がない。どこかよそよそしい。

さっき二人で話している時の表情も暗かった。揉めているようにも見えた。とても自然を楽しんでいるようには見えなかった。

二人は普段あまり会話をしない。相手のことはわかり切っていて、わざわざ会話する必要はない、そんなふうに見えた。揉めるとしたら、きっと自分のことだろう。二人の間にある不確定要素。そしてたぶん、あの蛇が関係している。

夕飯を食べ、風呂に入って、あとは寝るだけという段になっても二人は近づいてこなかった。昨日までは、風呂に入る前からベッドに連れ込まれそうな勢いだったのに。

「白無垢を着るなんて、貴重な経験をさせてもらったよ。おかげで花嫁の気持ちが少しわかった」

ソファに座って、どうでもいいような話で間を埋める。

「花嫁の気持ち?」

愛介は一応話には乗ってくれる。しかしいつもは公比古の横が定位置なのに、幣介と一緒に床に座っている。微妙な距離感。

「着物は重いし、苦しいし、油断したら頭もげそうになるし」

「ああ、そういう気持ちね」

「嫁《とつ》ぐ気持ちはさすがにわからないよ」

「そうだね。公ちゃんは娶《めと》る方だもんね」

「娶る、か……それもわからないな。想像できない。生涯独身もありえるかも」

二人がいてくれればそれでいい。そんな気持ちを遠回しに伝えたつもりだった。そのためなら多少の弊害は受け入れる。

蛇が言っていた「この世との縁が希薄になる」というのがどういうことなのか、それが本当なのかもわからない。幣介は嘘だと言ったし、もし本当だとしても、だから縁を切るつもりなどさらさらなかった。

「独身はよくないよ。できるなら結婚した方がいい。後世に血を繋いでくれれば、僕らはまたこうして、きみの子孫と戯《たわむ》れることができるかもしれないし」

「子孫と……」

その言葉は、細く鋭いナイフとなって公比古の胸に突き刺さった。

そうか、自分でなくてもいいのか……。

大事なのはこの血であって、自分ではない。つかの間戯れるだけの相手で、独身を貫いてほしいなんてことは露ほども思っていない。わかっていたけど、はっきり言葉にされるとダメージが大きい。

幣介もそう思っているのか、問おうとしたけど、声が出なかった。確かめるのは怖すぎる。胸の痛みは、快感には変わらない。ただじわじわと広がって、心を浸食していくだけ。公比古は胸を押さえて立ち上がった。

「俺、寝る」

ベッドに入ればきっと抱きしめてくれるだろうと思っていた。それでとりあえず痛みは治まるだろうと。

しかし二人は動かない。

「おやすみ、公ちゃん。僕らはちょっと用事があるから、これから神社に戻るよ。ちゃんと仕事には行くから」

愛介は笑みを浮かべてそう言った、幣介は胡座《あぐら》を掻いて視線を落とし、地蔵のように固まっている。

「え、今から？　あ、そう……。わかった」

混乱する。いったいなにがあったのだろう。

いや、本当になにか用事があるのかもしれない。緊急で、縁を切らなくちゃいけないとかそういうことが。きっとそうだ。

次々に浮かんでくるネガティブな思考から目を背け、なんとか笑顔を作った。

「じゃあ、おやすみなさい。暗いから、気をつけて」

千年も山にいた狼に的外れな気遣いをして、寝室のドアを閉めた。

真っ暗な部屋の中にひとりでいると、心まで真っ黒に塗りつぶされそうで、慌てて電気を点《つ》けたが、誰もいない広いベッドが目に入って、寂しさに押しつぶされそうになる。

これが普通だったのに。ずっとそばにいるわけじゃないと、わかっていたはずなのに……。

冴《さ》えない雄相手に、発情期がいつまでも続くわけがないのだ。

それでも、どうにかして繋ぎ止める方法はないものかと考えを巡らす。しかしなんのアイデアも浮かんでこなかった。

なにせ彼らは、この世の輪から外れた者たちだ。自分の中のちっぽけな知識や経験で推し量ることなどできない。繋ぎ止める方法なんてないのかもしれない。

毎日毎日求められた身体《からだ》は、ベッドに横になると条件反射のようにソワソワしはじめる。

しかし、ひとつ大きな溜息をついただけでそれは収まった。

そんな気分になれない……なんて、久しぶりだった。

久しぶりにゆっくり眠れる……はずなのに、睡魔はなかなか訪れてくれなかった。

縁は切るもの結ぶもの

「あのー、パンフレットって、置いてますかぁ?」

自動ドアが開いて、女子高生の二人組が入って来るなりそう訊《き》いた。

「すみません、今品切れしてるんですよ」

「えー、マジでぇ。わざわざ来たのにぃ」

「ごめんね」

公比古は笑顔で言ったが、二人はもうこちらを見ておらず、隣のカフェに行こうと盛り上がって出ていった。

パンフレットは自社のブライダルプロデュース業及び新しいチャペルをPRするために制作したものだから、高校生には必要ないはず。しかし最近はああいう輩《やから》が頻繁にやってくる。今の二人は訊いただけマシだ。入って来るなり、置いているパンフレットを無言でひっ摑んで出ていく、結婚指輪をした女性もいた。

無料配布なので、持っていってもらうのはかまわない。しかし、マナーや気遣いといったものは、あってしかるべきだろう。

などと、刺々《とげとげ》しく思うのは、心に余裕がないからに違いない。

女性たちがパンフレットを欲する理由は明白。業務内容なんてどうでもよくて、そこに写っているイケメンを鑑賞したいだけ。実物は隣のカフェにいるのだが、きれいな写真も手に入れたいらしい。それくらいパンフレットのできはよかった。

ちなみに、和装の新婦が男だということは、話題にもならなかった。気づいていないのか、気づいていてスルーなのかは不明で、前者なら男として、後者なら人として傷つくが、話題にされても困る。

愛介と幣介はパンフレット以前から人気だったが、それはカフェ周辺の局地的なものだった。しかし、パンフレットを見た人が、すごく格好いいとネットに写真をアップし、それが瞬く間に拡散され、テレビの取材まで来て、地元の情報番組でそれが放送されると、パンフレットは飛ぶようになくなった。カフェの客もまた増えて、社長はすこぶる上機嫌だ。

パンフレットができあがってから二週間ほどしか経っていないというのに、すでに品切れ状態で、公比古の手元にあるのは見本の一部だけだった。

デスクの引き出しにしまっているそれを取り出して、開いてみる。

漫画仕立てになっていて、読み物としても面白いし、カメラマンの腕もよく、フォトギャラリーとしても楽しめる。企画した者としては満足のいくものだが、見ているとなぜか悲しくなった。

本来の目的である、ブライダルプロデュースの依頼にあまり繋がっていない、というのも理由のひとつだ。

皆無ではない。パンフレットを見て……と、やってきたカップルも数組いた。しかしそれを公比古はことごとく逃してしまった。

以前は、うちに興味を持って相談に来てくれた客なら、七割くらいは契約にこぎつけることができたのに、最近は三割、下手すると二割くらいしか契約できていない。

以前と同じようにやっているつもりなのに、話が空回りする。反応が以前と違う。たままそういう客が続いたのか、自分が無意識になにかやってしまっているのか……。

「公比古、どうした？　溜息ついて。暗い顔」

声を掛けられて、ドキッとしてパンフレットを閉じる。振り向くと、幣介が裏口のところに立っていた。ドアの縁に手をかけ、じっとこちらを見る。その瞳は最近、どこか殺伐として生気がない。しかしそれすらも退廃的で格好いいなどと言われている。

カフェとこの事務所は裏で繋がっていて、表から出ると女性に取り囲まれる愛介と幣介は、裏から出入りするようになっていた。

「モテ男にはわからない悩みだよ」

「女にふられたか？」

的外れで、神経を逆撫でにする問いにムッとする。

「俺がいつ女と付き合ってたっていうんだ。でも……ふられたようなものか……」

言えば幣介の眉根が微妙に寄った。

「誰に？」

おまえらにだよ！　と反射的に言いそうになって、グッと堪《こら》える。

愛介と幣介が手を出してこなくなってからもう三週間ほど。会話は普通にするが、抱くどころか触ってもこない。舐《な》めないし、呑まないし、狼になってそばで寝てくれることもない。毎日だったものがパタリとなくなったのだから、「ふられた」と言いたくなる気持ちもわかってほしい。

「お客さんに、だよ。ここんとこ、連戦連敗で」

話を仕事に切り替えた。さっき溜息をついたのに関してなら、こっちが正解だ。

「客に告白したのか？」

「違う。契約が取れないって意味だよ。俺は前と同じように話してるのに、なんか反応が薄くて。相手の心に響いてないのがわかっちゃうんだ。で、ちょっと落ち込んでる」

愚痴っぽくなってしまった。同情を買って慰めてもらえたら……そんな自分の心に気づいて、途端に恥ずかしくなった。情けない。

「でも頑張るよ、この仕事、好きだからね」

空元気で精いっぱいの笑みを浮かべる。

「そう……」

幣介は神妙な顔で公比古を見つめ、近づいてきて頬《ほお》に手を伸ばした。しかしほんの少し指先が触れた途端、我に返ったようにそれを引っ込めた。

「幣介？」

触るな、なんて一言も言っていないのに。

「神社が繁盛してて、忙しくて公比古んとこには帰れない。今日も、山に帰る」

幣介は伝達事項を事務的に口にして、背を向けた。

「そう……わかった」

愛介が出演したテレビ番組で、神社のことを話した。お気に入りの場所として。開設したばかりだったホームページの閲覧数は飛躍的に増え、神社を訪れる人も増えたらしい。

多くは二人に会えるかもしれないという下心による訪問だったが、縁切り神社だと知って訪れる者も少なくないという。

縁切りの神社というのは少なくて、しかし需要は意外に多く、縁結びより切迫した願いである率は高い。

だから、その願いは是非とも叶えてあげてほしいと思うが、そのせいで会えないのは寂しかった。

私と仕事とどっちが大事？　なんて訊く気はないし、訊く権利もない。邪魔をしたいわけではなくて、できればなにか手伝いたいのだが、求められてはいなかった。

二人を独り占めしたいなんて贅沢を言う気はなくて、ただそばにいたい、いてほしいだけなのだけど……。それすら分不相応な望みになりつつある。

平凡な公比古の元に、突然降って湧いた夢の時間は、唐突に終わってしまった。

あまりにも急で心がついていけなくて、愛介にどうしたのかと訊いてみたのだが、どうもしないよ、と笑顔が返ってくるだけだった。愛介の笑顔は感じがよくて、たちが悪い。それ以上の追及を封じてしまう。

幣介はなにも答えなかった。無表情で黙ってしまうのも、たちが悪い。

そして、もっとたちが悪いのが、自分の身体だ。

好色な神の血も、心が混乱している間はおとなしかったが、次第に疼きだして、何度か自分で処理した。

その虚しさ……。

触られたい。触りたい。抱きしめられたい。包まれたい。顔を埋《うず》めたい。そしてついには、入れてほしい、などと――。願いは浅ましくも切実で、自己嫌悪に苛《さいな》まれる。

こんな身体にしたのは二人だ。なのに急に手を引いて放置なんてひどすぎる。

幣介が裏口から出ていき、入れ替わりに愛介が現れた。だけど、ドアのところから顔を出しただけで、中には入ってこない。近づいてもこないなんて、ひどすぎる。

非難の目を向けてみるが、物欲しげな目になっているかもしれない。近づいてほしい、触ってほしい、と。しかし愛介が誘われてくれる様子はない。

「公ちゃん、蛇が近づいてきたらすぐに呼んでね。駆けつけるから」

以前と変わらぬ笑顔でそんなことを言う。

「うん、わかった」

いっそ蛇に噛まれたい。そしたらまたあの唇が……などと考えてしまう。

想いが一方通行だと知るのは辛い。自分から「抱いてくれ」なんて言う勇気はなく、そんな恥知らずなことはしたくない。いや、なにより……はっきり拒まれるのが怖いのだ。

「ふらふら出歩いちゃダメだよ」

心配はしてくれる。嫌われたわけじゃない。

「俺のことはいいから。苦しんでる人を助けてあげて。それが本当の神の力の使い途《みち》でしょ？」

まだ強がりが言える。笑える。大丈夫。

「うん……。じゃ」

独りになって、深い深い溜息をつく。

誰もいない。少し前まではこれが日常だった。独りで帰り、独りでご飯を食べ、独りで寝る。それでも毎日は充実していた。

あの頃に戻ればいい。夢から覚めたのだから。堅実に当たり前の現実を生きればいい。少し辛いけど、どんな痛みもすぐに慣れる。大丈夫、大丈夫――自分に言い聞かせた。

こんなことを相談できる人は誰もいない。と、思っていた。


「公比古……」

ひとり、トボトボ歩いて帰り着いたアパートの前。暗がりから出てきたのは達也だった。その顔を見て公比古は笑顔になる。

「久しぶり」

「うん、久しぶり」

本当はそうでもない。せいぜい二ヶ月程度。それくらい会わないことは以前もあった。しかし達也の纏っている空気は、何年も会っていなかったかのように変わっていた。明るくて落ち着いた雰囲気。もう吹っ切れた、顔にそう書いてある。

友達に戻れるとしても、それはずっと先のことだろうと思っていた。どうやら自惚れだったらしい。この誤算は大歓迎だ。

「部屋、上がっていくだろ?」

「いいのか？」

達也らしくもなく遠慮する。

「いいよ。いいんだろう？」

公比古も問いかける。主語は省いたが、達也はちょっと照れくさそうに笑った。

「うん、大丈夫。もうおまえを怖がらせるようなことはしないよ」

「本当に怖かったんだからな」

こんなに早く笑い話にできるとは思わなかった。

「でも、あの二人は？」

「ああ、今夜は帰ってこないよ。最近いろいろ忙しいんだ」

「そうなのか？　……あんなにべったりくっついてたのに」

「そんなもんだよ。みんな離れていく。俺なんてその程度の人間だ」

「は？　なにいじけてるんだよ、公比古らしくないな。俺があんなに好きで好きでたまらなかった奴を、そんなふうに言うな」

怒ったように言われてハッとする。すっかりいじけ癖がついてしまっていた。「その程度の人間」なんて友達が言ったら、自分も怒るだろう。俺はその程度の人間と友達になった覚えはない、と。

「ありがとう、達也。ダメだな、いじけてるからいいことないんだよな。うん、ありがと」

いつの間にか、自分で掘った穴の中にはまってしまっていたようだ。抜け出そう抜け出そうと足掻《あが》いて、下に向かって穴を掘っていた。それに気づけなかった。

「友達っていいな、やっぱり」

公比古は心から言った。自分ではない、自分をよく知る人の目線はありがたい。

「うん。なくしたくないって、俺も思ったから」

笑い合って、なんだか照れくさくなった。

部屋に入って、友達らしい会話を弾ませる。奥さんと娘の写真もたくさん見せてもらった。幸せそうな家族が微笑《ほほえ》ましく羨ましい。こういう未来もいいなと思うのだが、それは完全に他人事で、自分が欲しい未来ではなかった。

「あのな……二人目ができたんだ」

「え、本当に⁉　おめでとう！　よかったな」

「うん。だから、ちゃんとけじめをつけなきゃと思って」

「けじめ？」

「この命は、おまえのおかげだから。あの時……俺をふってくれてありがとな」

「え？　あ……うん、でも、お礼言われるのってなんか変だよな」

「だな」

達也の笑顔を見て、もう完全に吹っ切れたのだとわかった。あの時、縁の糸を切ってもらって本当によかった。

「おまえに拒否られて、目が覚めた。あの頃の俺はちょっとどうかしてた。……高校ん時、荒れてた最悪の俺をおまえは全然怖がらなくて、なんでも受け入れて許してくれて、そばにいるのが本当に心地よかった。女だったらさっさと俺のものにしてたと思う。でも男だから……のめり込んでいく自分が怖かった。そんな時に、子供ができたって言われて、逃げ場ができたと思ったんだ。結婚すれば、俺はホモじゃないっていう証明になる。責任を取る俺、格好いいって、おまえに思われるかも、なんてことも思った。ひどいだろ？」

「うん、ひどいな」

「そんなんで結婚したってうまくいくわけがないんだ。俺の心はずっとおまえに囚《とら》われてて、本当に離婚寸前だった。そんな時にあの二人が現れて、おまえが気を許してるのがわかって……ものすごく焦った。取られるって思ったら、体面とかどうでもよくなって、もう頭ん中おまえのことだけになって、馬鹿なことをした。ごめん」

「うん」

「でも、当たって砕けてよかった。ぶつからなかったら、おまえは拒まないままで、友達ってオブラードに包んだ俺の束縛を許し続けたはず」

「俺、鈍いらしいから……」

束縛されていることにすら気づいていなかった。

「それがおまえのいいところでもあるんだけど。俺は取り返しのつかないことをするところだった。おまえを護るって言ったあの二人が格好よくて、すっげー怖くて、敵《かな》わないって思った。それで目が覚めたんだ。二人にも礼を言いたかったんだけど……」

「伝えておくよ。喜ぶと思う。仕事の成果だから」

「仕事？」

「いや、お祝いに飲もうか。缶ビールしかないけど。祝杯」

「いいね」

酔いが回れば口が軽くなる。鬱憤が溜まっていれば、愚痴っぽくなってしまうのはしょうがない。二人のことを愚痴れる相手なんて達也くらいなのだ。

「俺のこと、身内だとか護るだとか偉そうに言ってたけど、忙しくなったらポイなんだよ。達也、今なら襲いたい放題だぞ？」

「おーい、気を許すの早すぎなんだよ。ちょっとは警戒心持っとけ。襲わないけどな！　男ってのは、好きじゃない相手だって抱けるんだぞ。好きだった相手なんて、改心しても抱けるに決まってるだろ」

「あー、うん、そうだな。んじゃ、もう帰れ」

このままいくと、自棄《やけ》になって誘ってしまいそうだ。二人目が生まれる幸せな家庭に波風を立てたくない。

「本当にあいつら、おまえに興味なくなったのか？」

「うん。もう自分のことを『その程度』なんて言わないけど、誰だって醒めたり飽きたりはするだろう？　心は変わるものだ」

「そりゃそうだけど。確かめてみたのか？　おまえの勘違いかもしれないぞ。おまえらがどういう関係なのか、詳しくは聞かないけど、おまえはかまってほしいんだろ？　おまえがそんな風になるなんて、ちょっと悔しいんだけど……。友達として、経験者として言う。溜め込むな。ぶち当たってみろ」

達也はそう言って、赤ら顔で俯いていている公比古の頭をグリグリと撫でた。

「砕けたら、俺が愚痴を聞いてやっから。でもな……公比古はもっと自惚れていいと思う。あいつらはそりゃ見た目ハイスペックだけど、おまえのそばにいると元気になれるし、優しい気持ちになる。自分を好きになれるっていう、最強のスペックを持ってるんだから」

そう言い置いて、達也は家族の元へと帰っていった。

ありがたいし嬉しかったけど、まったく自覚のないことを言われても、自分に自信は持てなかった。

元気になれるかなんて人によるだろう。でも、あの二人は確かに元気になれたはずだ。食欲も性欲も満たされて。でもそれは、神の血のスペック。もうその効力は切れてしまった。

自分ばかりがどんどん飢えていく。

ベッドに行きたくなくて、リビングの床の上で横になる。酒のおかげでほどなく眠りについた。

翌日、公比古は休みで、カフェも定休日だった。

起きたらいい天気で、達也の言葉が頭の中に残っていた。

——ぶち当たってみろ。

確かに直接的なことは訊いていなかった。もう自分に飽きたのか、もう抱かないのか、というようなことは、怖くてなにも。なぜ抱いたのか、発情期だけが理由だったのか、ということも確認していない。

流されるまま受け入れて、遠ざかることも受け入れて、逃げていた。

相手の気持ちを確かめることからも、自分の気持ちからも……。

あの二人に寄せている気持ち。最初はペットみたいに懐かれて嬉しいだけだった。平凡な自分に懐いてくれる平凡でない狼が二匹。人間になれば女性が群がるような男前が、自分をかまってくれる。自分が平凡でない者になれたようで、昂揚した。

手放したくないのは、そういう優越感なのだろうか。大型犬の温もりか。それとも、好色な身体が二人の与えてくれる刺激を欲しているだけなのか。

なんにせよ、自分は「抱いてほしい」のだ。それも、二人に——。

浅ましい自分が嫌になるが、それが本音だった。せめて最後に一度だけでも……なんて。

それでは達也と同じ。玉砕のフラッグが立ってしまう。

自分に苦笑しながら身支度を調え、車に乗り込んだ。

ぐねぐねと山道を走る。すっかり春の陽気になって、格好のドライブ日和。しかし、歌を口ずさむほど浮かれた気分にはなれなかった。

気分は、死地に赴く戦士がごとし。

ぶち当たれば、砕け散る可能性は高い。それでももう、この中途半端な状態にケリをつけなくては、なににも集中できない。

友達に、背中を押してもらったから――。

神社に到着すると、平日の午後だというのに駐車場は半分くらい埋まっていた。今日はカフェが休みだということも関係しているのだろう。愛介と幣介がここにいる可能性は高い。

そんな下心を責める権利など公比古にはなかった。目的は同じ。自分も二人に会いに来たひとりだ。

神社としては、どんな目的でも人が来るのはありがたいことらしい。最も怖いのは、忘却。

それは人も同じ。これからまた長く生きるだろう二人に、ほんの少しでも覚えていてほしい。

大げさなほどの覚悟を胸に、足を踏み込んだ境内。

「あの、愛介さんのファンなんです。握手してください」

そこはまるで、アイドルの握手会の会場だった。参拝者というより、崇拝者、ただのファン。

「はいはい、いいですよ。握手だけでいいの？」

アイドルよりも軽い。誰がこの男を神使《しんし》だと思うだろう。白シャツに白パンツ、黒いジレ。シンプルな服装に、シルバーのネックレスとブレスレット。チャラい。

「え、じゃあ、ハグしてください！」

「いいよー。でもお参りもちゃんとしてね。絵馬も書いてくれると嬉しいな」

「します、書きます！」

抱きしめられた女性は景気よく賽銭をはずんだ。絵馬を買って「恋愛成就」と書いて奉納する。縁切り神社だということは知らないのか、どうでもいいのか。

そんなやり取りが、公比古が見ている間だけで三人。

「やってること、ホストだよね……」

公比古は愛介に近づき、少々非難がましく言った。

「えー、ここは褒めるところだよ。自分で稼ぐ神使なんて、いないよ？　本殿も傷《いた》んじゃってるし。狛犬も古くさいし。あれってもう二百年は経ってるんだ。現代の人間は、石は永遠って思ってるふしがあるよね」

愛介はまったくいつも通りだった。

「うん、まあ……。幣介は？　山？」

「いるよ、後ろに」

そう言われて振り返ると、すぐ後ろに黒ずくめの男が立っていた。

「わっ、気配消すなよ」

「消してない。ずっといたけど、公比古が愛介をじーっと睨《にら》んでて気づかなかっただけだ」

「に、睨んでないよ」

とは言ったものの、睨んでいたかもしれないと思う。自分には手も触れないのに、女性にはあまりにもサービスがよすぎるから、ムッとして。

抱きしめられる女性はみな嬉しそうで、今までなら、よかったね、と微笑ましく見ていられた。愛介のああいう行為に意味はない。嫉妬してもしょうがないとわかっている。

だけど、女性の指が愛介に触れるたび、愛介が女性に触れるたび、黒い感情が込み上げてきて、消せない。自分がどんどん黒く染まっていく感じがする。

そんな自分を幣介に見られていた。もうすでに逃げ帰りたい気分だ。

「ところで公ちゃん」

ズイッと愛介の顔が近づいてきた。さっきまでニコニコ笑ってたのに、ちょっと目が怖い。

汚い心を見られてしまったのかと、目が泳ぐ。

「なに？」

「昨夜《ゆうべ》、部屋で誰と会ってたの？」

「え？　あ、昨夜？　達也だけど……。なんで？　神通力って千里眼みたいな力もあるの？」

「ないよ、そんなの。あんなことをした達也くんと二人きりで、なにをしてたのかな？　なにかされた？」

「な、なにもされてないよ！　達也はもう俺のことをそんなふうには見てないから。お礼を言いにきたんだ。ふってくれてありがとうって。二人にもお礼が言いたかったみたいで……。なんで二人きりって知ってるの？」

「お礼？　僕らに？」

愛介は怪訝《けげん》な顔をする。公比古の質問に答える気はなさそうだった。

境内はとても静かだった。お参りをしている人が二人いるだけで、公比古たちの周りには誰もいない。車はけっこうあったが、ちょうど人の切れ間なのか。

「うん。愛介に言われたことが効いたみたいだよ。おかげで目が覚めたって。二人目の子供もできて、とても幸せそうだった。切った方がいい縁ってあるんだね。二人とも凄いね。人を幸せにできる力だ。嬉しい？」

二人はずっとそうやって困っている人を救ってきたのだ。それによって新しい命が生まれる。公比古は心からの賞賛を送ったのだが、二人はニコリともしなかった。

「別に……切った後のことは、僕らの関知するところじゃないからね。良くなるか悪くなるかは、その人次第。でも、達也くんに関しては、よかったよ。もう公ちゃんに襲いかかったりはしないってことだろ?」

「うん。襲ってもいいって言ったけど大丈夫だったから、大丈夫」

「は? 公ちゃんなに言ってんの⁉」

二人の怒ったような顔が迫ってきて、少し嬉しくなった。心配はしてくれるのだ。

「冗談だよ。達也は、当たって砕けてよかったって言ってた。もうすっかり吹っ切れた顔して、家族と温かい感じで、ちょっと羨ましかった」

「羨ましい? 子供が欲しいのか?」

幣介が真面目《まじめ》な顔で問いかけてくる。

「いや。子供がどうってことじゃなくて、家族で幸せそうなのがいいなあって」

いつまでもこちらを向いてくれない人を追いかけるより、想い想われて温かなものを育んでいく方がいいに決まっている。

「ふーん」

幣介が何事か考えるような顔になって黙った。愛介も俯き気味で、二人ともこちらを見ない。

そんな二人を見て、公比古は覚悟を決めた。

「それでね、俺も、当たって砕けてみようかって思っ……」

切り出したところで、「キャッ」とか、「ヒャッ」とかいう女性の声が聞こえた。駐車場から境内《けいだい》へと入ってくる玉垣のところに、五人ほどの女性が立って、こちらを見ている。見ているのは愛介と幣介に違いない。

「なに？　公ちゃん」

愛介はそれにかまわず先を促したが、女性たちがこちらに近づきたくてウズウズしているのがわかって、とても話を切り出す気分にはなれなかった。

そんな軽く済まされる話ではない。少なくとも公比古にとっては。

「うん、あの、今夜は家に来てくれる？　話したいことがあるんだ」

「……わかった。行くよ」

愛介が言い、幣介もうなずいた。

「じゃあ俺は、お参りして掃除して帰るね」

公比古が離れると、女性たちは、次は自分たちの番というように二人を取り囲んだ。調子よく相手するのは愛介ばかりで、幣介はいつも以上に無愛想だったが、それがいいらしい。

公比古は自分の血の源である神様にお願いする。

『どうか俺にも幸せをください。……ください』

願いは二人にも聞こえてしまうはずなので、ぼやかした。

願いを叶えてほしいのではなく、二人の気持ちが知りたいのだ。本当の気持ちが――。

境内の掃除を終え、公比古は駐車場の自分の車に戻った。

もう夕刻なので一緒に帰ろうと言ったのだが、夜になったら行くから先に帰ってて、と言われてしまった。済ませたい用事があるらしいが、公比古の思考はもうネガティブに支配されている。

待っていてもいいのに帰れと言うのは、一緒に帰りたくないということだろう。

玉砕の二文字が脳裏をちらつく。

悪く考えてもいいことがないのはわかっている。いつもおおらかに、鷹揚に。ポジティブにはなれないまでも、相手の言葉をそのまま受け入れられるフラットな自分でいたい。

先に帰って、猪鍋は無理だから水炊きでも作って待っていよう。食べるかどうかは微妙だが。そう思って運転席のドアに手をかけた時、

「あんなののどこがいいというのか、現代の女は趣味が悪い」

背後で声がして振り返る。立っていたのは狩衣姿の蛇男。正確には「人に化けた蛇（神使）」だった。

白い狩衣がこの男の人間時の平服らしい。神使としてはこっちが正しいようにも思うが、神社以外の場所では悪目立ちするだろう。

「趣味が悪いのは、ぬしもか？　男だというに、嘆かわしいことよ」

「余計なお世話です。モテない僻《ひが》みみたいに聞こえますよ、蛇さん」

男なのに……という嘆きに内心少しばかり傷ついたが、顔には出さず、にこやかに言い返した。

「なぜ私が、あんなのを僻まねばならぬ」

蛇男は眉根を寄せ、眼鏡のブリッジを押し上げた。プライドの高さが表情と仕草に出ている。

「まあよい。おぬし、少し私と共に来い」

「いや、あなたと一緒に行くのはちょっと……」

蛇にはくれぐれも気をつけろと言われている。のこのこついていくわけにはいかない。後ずさって間合いを取ろうとしたのだが、後ろにあった自分の車に邪魔される。

「穏便に、と思ったんだがな……」

その言葉と同時に、広げた手のひらが公比古の目の前にかざされた。途端にスッと意識が遠のく。

こんな技、反則……と思った時には意識を失っていた。その場に崩れ落ちる身体を、細い腕がしっかり抱き留めた。

「車、借りるぞ」

その声は、車の持ち主の耳には届いていなかった。

暗い。目覚めて見えたのは、格子《こうし》に区切られた薄明かり。目が慣れてくるとそれが、格子戸から差し込む月明かりなのだとわかった。寝かされているのは、節のたった古い板の上。

むくりと起き上がる。

「起きたか。暢気《のんき》によく寝ていた」

「自分が眠らせたんだろ⁉」

「意識を失わせただけだ。半時もすれば目覚めるはずが、一時ほども便乗して寝ていた。日頃あまり眠れていないのではないか？　悩みがあるなら聞いてやろう」

「けっこうです」

よく眠れていないというのはその通りだ。心は悩み、身体は欲求不満で眠れない。疼く身体を自分で慰めれば、二人のことを思い出して虚しくなる。広いベッドでひとり悶々として、寝たような寝てないような感じで朝を迎える。

「ここは、どこですか？」

「私の神社だ。祀《まつ》られているのは縁結びの姫神様。狼のところより霊験あらたかで歴史も古い」

「はあ」

場所は思った通り。霊験あらたかとか歴史とかは、公比古にはわかりようもない。

「いつの時代も、縁を結んでほしいと願う浮かれた人間が絶えることはなかった。いつだって……。なのに最近は、神頼みをする人間が減り、神を敬い奉《たてまつ》る人間も減り、この神社も衰退の一途。夢を見ず、他者を敬えぬ、自分本位のほんにつまらぬ世の中になった」

「そうですね」

拉致《らち》されたのに、恐怖心はあまり湧いてこなかった。気の毒だという気持ちと、嘆く姿がちょっと面白いという気持ち。なにより神使だと知っているから、命に関わるようなことはしてこないだろうという余裕がある。

「人心が集まらねば神は力を失い、この国が廃《すた》れゆく。ひとつひとつの神社が活性化することが大事なのであって、狼のところだけが元気になっても意味はないのだ。決して狼に負けたくないなどという、小さい気持ちから言うておるのではない」

「いや、俺はなにも言ってませんけど……」

「おぬし、奴らと交尾したな」

遠慮も容赦もない問いかけ。いや、確認だ。すでに知られていたこと。答えずにいると勝手に喋る。

「私が嚙む前は、奴ら個々の力が高まっておった。おぬしの神気を取り込んだのであろう。そして私が嚙んだ後、急激に神社全体の力が増した。なにゆえにと確認しに行けば、おぬしも力を増し、奴らとの糸が太くなり、力は循環し、増幅して神社に与えられていた。つまりは私がきっかけで結ばれたということであろう。縁結びの面目躍如ではあるが、口惜しい。男同士で、よもや……」

その読みは正しい。説明も公比古にはわかりやすく、なるほどそういうことかと納得した。確かに嚙まれたことがきっかけだった。幣介が浄化するとかマーキングとか言い出して発情し、そういうことになったのだ。

洞察力は鋭いが、行動は裏目に出て、空回りしている感じがやっぱりなんだか気の毒で、憐れだ。嚙まれたり拉致されたり、迷惑を掛けられているのだが、なぜか憎めない。

「でも、神社が力を増したのは、ホームページを作ったり、愛介が宣伝したりして、参拝客が増えたからっていうのもあると思うんだけど」

「それはその後。今、力を維持しているのはそのおかげだ。おぬし自身は狼くささが薄れ、力も弱まっている。最近は交尾をしていないのだろう？　私の言葉が効いたか」

本当に洞察力だけは鋭い。きっかけは確かに、蛇が出現したあの日。蛇の言葉に幣介は明らかに動揺していた。

「この世との縁が薄くなるって、あれは本当ですか？」

「本当だ。狼との糸が太くなるほど、人間との糸は細くなる。新たな糸を結ぼうとしてもすぐ切れる」

なるほど、それで客との会話が弾まなくなったのか。それで二人は手を出してこなくなったのか——。

いやまだ、飽きた説、発情が終わった説も消えてはいないが、なんとなくそれが理由ではないかという気がする。

蛇は解説上手だし、物知りのようだが、八つ当たりしたくなる。余計なことを言ってくれたと。

「それで、俺になんの用ですか？　こんなところに連れてきて……。俺は大事な用があるんです。今、あなたと話して、なおさら話さなきゃならなくなった」

嚙むだけならあの場でもできたはずなのに、わざわざこんなところまで連れてきたのは、なにか用があるからだろう。さっさとそれを済まして帰りたい。

「私とも交尾しろ」

「……は？」

「嚙んで繫いだ糸はすぐに切られたが、契って繫いだ糸はそう簡単には切れない。私と契り、私に力を与え、この神社を盛り立てよ。狼になど負けてなるものか」

蛇男はぬるっと近づいてきて、抵抗する隙もなく組み敷かれてしまう。

「いや、ちょっと待て。あんた勝手すぎるだろ。俺にそんな力はないし、さっき、男のくせにとか、嘆かわしいとか言ってただろ！　それにあんたとだって、交尾したらこの世と縁が薄くなるんだろ！　冗談じゃない」

あの二人だから受け入れたのだ。親友だって拒んだのに、こんな好意の欠片《かけら》もないような男となんて冗談じゃない。万難を排して抱き合う価値などあるわけがない。

「私も抵抗がないではないが、子をなさぬ交尾も神社のためとあらば許されよう。その身を捧《ささ》げよ。なに、案ずるな。私はあいつらより巧い」

蛇男は細身なのに力が強い。しかし、達也の時のような圧倒的な力の差は感じない。

「勝手な理屈、こね回してんじゃねえ！　身を捧げるならあんたなんかじゃなく……」

抜け出せそうなのだが、手足が絡みつくように押さえ込まれて、動けるのに逃がれられない。こっちは必死なのに、蛇男は涼しい顔をしている。

「あの狼どもに捧げるとでも？　愚かな」

「愚かでいい。神社のためなんか知らない。俺は、あいつらが好きだから、愛してるから……っ」

「愛？　馬鹿げたこと。二人を平等に？　男同士で？　それ以前に、人と神使では命の種類が違う。おおかた寂しくて馴《な》れ合って手放しがたくなっているだけのこと。人は快楽に流される生き物だからな。おぬしの愛など、思い込みと勘違いの産物だ」

「そんなことは……」

ない、と言い返そうとして、なぜか言葉に詰まった。

二人同時になんて、それは真実の愛といえるのか？　男同士でもいいなんて、性欲をきれいな感情に置き換えようとしてるだけじゃないのか？　命の種類が違っても抱き合えるけど、本当に心は通い合っているのか……？

疑念がぐるぐると渦《うず》を巻く。

自分では真実の愛だと思っても、根拠なんてどこにある。平凡な自分に、こんな非凡な恋愛は釣り合わない。二人のどこが好きなのか、どのくらい好きなのか……。

己への自信のなさが、これは絶対の愛だ、と断言することを躊躇《ちゅうちょ》させる。

「そもそもおぬし、捨てられたのであろう？　欲求不満が顔に出ている。なに、蛇は絶倫だ。何日でも相手してやる。まずはおぬしの精をいただくか」

手足を長い手足で押さえつけられ、器用に口でパンツの前を開かれた。シャツをめくられ、下着を下げられて、現れた股間のものは、拒絶を示すように縮こまっていた。

「さ、触るな！　俺は、あいつらだから……」

捨てられたのかもしれない。欲求も満たされてはいない。でも、誰でもよくはないのだ。

蛇男は顔を上げ、ニヤッと笑った。

「すぐにわかる。奴らへの愛など幻《まぼろし》だったと」

自信ありげな言葉にムッとして、心の奥底で怯える。

愛介と同じ赤い瞳。しかし印象はまるで違う。愛介のは暁《あかつき》に差す光の色。この男のものは、不安をかき立てる血の色だ。

「放せ！　俺は、俺は……」

身を捩《よじ》るがどうしても抜け出せない。首を捻《ひね》れば、格子の影が映っていた壁面に、鎌首をもたげた大蛇の影が映った。牙を剝き、襲いかかってくる。

――食われる！

恐怖にギュッと強く目を瞑った。

しかし股間に感じたのは、細い舌の感触だった。見れば、男は蛇に戻っているわけではなかった。人のまま、先の割れた舌でチロチロと味見するように先端を舐めている。

そしてその口の中に含まれた。人の口内とは思えない冷たさ。締めつける感覚は独特で、ひゃっと声が漏れた。

ゾッとする。しかし不快感――ばかりではないのが問題だ。必死で首を横に振り、ただ逃れようともがく。

「いや、だ！」

愛介たちの顔が脳裏に浮かんだ。しかし、その名を呼ぼうとして、躊躇した。助けてもらってばかりではあまりに情けない。

自分でなんとかしようと思ったのだが、鋭い痛みが走って身体が強張《こわば》った。

「痛、い……な、なに？」

痛みの場所に目を向ければ、さっきまで口に含まれていたものに歯が立てられていた。突き刺さっている二本の鋭い歯。前もその歯で噛まれたが、首筋とは痛みが段違いだった。

「は、離、離せ……っ」

涙が込み上げてきて、頭を押しのけようとしたが、歯が刺さったままなので無理に動かせない。

「あ、愛、介……幣介っ！」

恐怖から逃れたくて名を口にした。助けを求めるというより、ただ縋るように。

鋭い痛みは、やがてジンジンとした痺《しび》れに変わり、それすら快感に変えようとする自分が一番怖かった。

その時、バキッと大きな音がして格子戸が破られ、外から黒い塊が飛び込んできた。それは二手に分かれ、しなやかに着地する。

暗がりに光る、グレーと赤、二対の目。今にも飛びかからんとする姿勢で、牙を剥き出しにしてグルルと唸り声を上げる。

公比古はその姿を見てホッとして、歯が抜かれたことにも気づかなかった。

黒い狼が蛇男に襲いかかり、その牙が肩にめりこむ。振り払われて着地した狼は、人間に変化《へんげ》して蛇男の胸ぐらを摑み、拳で殴り飛ばした。

眼鏡が飛び、蛇男は壁に頭と背中をぶつけ、その場に崩れ落ちた。

「き、貴様、この私になにを！」

殴られた頰を押さえて幣介を睨みつける。

「ぶつ切りがいいか？　それとも三枚おろしか？　それくらい選ばせてやろう」

愛介も人間になり、公比古を抱き寄せながら蛇男に言った。

「ぶつ切り……ねじり切りだな。俺のものに手を出した罪は重い」

幣介に言われた蛇男は、青い顔をして目を泳がせた。

幣介に俺のものと言われ、久しぶりに愛介に抱きしめられて、公比古はそんな場合でもないのにちょっと嬉しかった。そっと股間のものをしまい込む。

「私は、私はただ、神社のために……」

「公ちゃんはタケルくんの子孫だ。おまえも姫神の子孫を探すんだな」

「あんな、人間に手を出しまくっていた好色男と一緒にするな。貞淑な姫神様は、人間界に子孫など残されてはおらぬ」

「だろうな」

愛介は勝ち誇ったような顔をしたが、決して勝ってはいない。

「おまえらはそいつを捨てたのであろう。少しくらい齧《かじ》っても……」

「いいわけあるか！」

三人の声がきれいに揃《そろ》った。

「ケチだな」

蛇男はボソッと言い返し、幣介に睨まれてまた小さくなる。

「捨ててもいない。そんなことをするはずがない。おまえには見えるだろう？」

愛介は虚空を見る。蛇も同じところをみたので、そこにまだ糸はあるのだろう。

公比古はその糸の太さが、輝きが見たかった。切れる寸前の弱々しいものか、運命の恋人を繋ぐキラキラ輝く太い糸か。自分の糸が見えないことがこんなに残念だと思ったことはない。

「見えるが……しかし、匂いは薄れている。交尾はしなくなったのだろう？」

「それは……。だからって、おまえがどうこうしていいって話にはならないんだよ、変態蛇」

「変……失敬な！　誰が変態か」

「なんにでも噛みつくのは変態だ。公ちゃんの大事なところに……。痛いのが好きな公ちゃんが、うっかり感じちゃったらどうするんだ」

「う、うっかりって……痛いのは好きじゃないって言ってるだろ！」

そこは訂正する必要がある。たとえ、もしも、事実だったとしても、断固として認めない。

「ああ、その兆候はあったな。おまえたちが邪魔をしなければ、私の虜《とりこ》にできたものを」

「なるわけないだろ！　いきなり噛みつくような奴に」

「そうだ、なるわけがない。俺のテクを知ってる公比古が、おまえごときに落ちるわけがない」

「き、貴様が私のなにを知っているというのだ。噛んだのはちょっと……見たら噛みたくなったっていうか……味見だ」

「まあ、幣介のテク云々《うんぬん》はさて置き。変態蛇、警告だ。今後、公ちゃんに手を出したり噛んだりしたら、本気でぶつ切りにして佃煮《つくだに》にする。この神社も歴史から消えることになるから。そのつもりで」

そう言って愛介はニッコリ笑ったが、目は笑っていない。鋭い牙も隠す気はないようだ。

蛇はいっそう青ざめた。長い付き合いなら、愛介のそれが幣介の直接的な攻撃よりずっと危険だと知っているのだろう。

「まあ……いいだろう。しかし人間、私から忠告だ。おぬしの気はすでに人から遠ざかっている。匂いが染みつく前だったから、まだ人の世でやっていけているが、これ以上そいつらと交《まぐ》わえば、神気が昂り、存在が人の世から遠ざかる。人と縁を結ぶことが困難になるだろう。それでも私なら結んでやることもできるが、そこの狼どもにはできない。結んでほしければ、ここに来ることだ。自分の意思で」

蛇は捨て台詞《ぜりふ》のように言って、白蛇の姿に戻り、スルスルといなくなった。

「公ちゃん、大丈夫だよ。そんなことにはならないから」

愛介は目を合わさずに言って、公比古を抱き上げた。

「ならないって、それはもう、俺とは……しないってこと？」

「そうだね」

「でも、そばにはいてくれるよね？」

愛介は答えず、壊れた格子戸の残骸を避けて外に出た。

数段の階の先に、石畳《いしだたみ》の参道が長く伸びている。大きな鳥居の上には丸い月。ここは神社の境内で、拝殿の中だったらしい。罰当《ばちあ》たりだと思うのは、人間の感覚なのか。見たところ、愛介たちの神社よりは大きいが、やっぱり寂れているようだ。しかし栄えている神社なんて、ごく一部の有名神社くらいのものだろう。

愛介も幣介も答えてくれないことに悲しくなって、公比古はその腕の中から抜け出そうとした。しかし離してもらえず、横抱きにされたまま参道を進む。幣介は後ろから無言でついてきていた。

「ごめんね、あの蛇が公ちゃんに手を出したのは、僕らのせいだ。僕らが公ちゃんに懐きすぎたから……。昔からあいつは、縁切りと縁結びの因縁《いんねん》だとか、ライバルだとか、いろんな理由をつけては僕らに突っかかってきてたけど、本音はただ寂しいだけなんだ。でもそんなの絶対認めないし、神使としてのプライドが高くて、自分から人間と交わろうとはしなかった。だからまさかこんな手段に出るとは思わなくて、油断してた。ちょっと目を離した隙に……本当ごめん」

愛介の腕に力が入って、自分を責めているのがわかった。

「大丈夫だよ。全然……ちょっと痛かったけど、ほら俺、痛いのわりと平気だし。だからもう、降ろしてくれないかなあ」

くっついていられるのは嬉しいが、この姿勢はちょっと落ち着かないのだ。細くて軽い女の子ではないのだから。まったく重そうな素振りは見せないけど。

「俺が代わる」

幣介も横から言ったのだが、愛介はどちらにも耳を貸さなかった。

「あれだけ釘《くぎ》を刺しておけば大丈夫。もう変なことはしてこないよ。なかなか蛇の所在が掴めなくて後手に回っちゃったけど、これでもう……僕らが公ちゃんのそばにいる理由は完全になくなった」

「理由？　……が、なくなったって、それは……」

蛇から護るためだけにそばにいた。蛇が手を出す心配がなくなって、そばにいる必要もなくなった。もうおまえに用はない、そういうことか。

「理由なんてなくても、そばにいてくれるよね？」

返事が怖くても、確かめずにはいられなかった。問いかけではなく、念押しのように言ったのだが、愛介はやっぱりそれに答えてくれない。

「公比古、客とうまくいかなくなったと悩んでいただろう。あれも俺たちと交わったせいだ。悔しいが、蛇の言うとおりだった。今ならまだ引き返せる」

横を歩いていた幣介が言った。

自分の言葉が相手の心に届かなくなる。それはつまり、仕事がうまくいかなくなるということだ。

それでもいい、と即答することはできなかった。簡単に捨てられる仕事ではない。

一生に一度の幸せな空間を、幸せな人たちと一緒に作り上げる喜び。それが死ぬまで忘れない思い出になるかもしれない。こんなに幸せでやりがいのある仕事はない、と思っている。どんなに心を込めて話しても、それが相手の心に響かなければ、事務的な手助けはできても、一緒に作り上げていく喜びを得ることはできなくなるだろう。

それを失う覚悟は、すぐには固められなかった。

駐車場にあった公比古の車を、愛介が運転してアパートへと帰る。車中は静かだった。

家に帰り着いて、愛介が口を開いた。

「言い訳にしかならないけど、神使が人と深く交わるとどうなるのか、僕らは知らなかったんだ。ごめんね、公ちゃん。僕らはもうきみと関わらない。山に戻るよ」

一番聞きたくなかった言葉を突きつけられて、目の前が真っ暗になる。

「……嫌だ。俺は嫌だよ。幣介は？」

「俺たちがそばにいて、おまえにいいことはひとつもない」

愛介に比べれば、幣介はまだ若干の迷いがあるように見えた。そこにつけ込みたい。

「あるよ。俺が嬉しい。俺を、独りにしないで」

「つかの間、寂しくなるかもしれない。でも、身体が覚えている快楽はすぐに消える。おまえなら、よい番《つがい》を見つけ、よい群れを作ることができる。公比古の子供は、すごく可愛いだろう」

言葉にすることで幣介もまた心を決めてしまったようだ。その目に迷いがなくなってしまう。

それでもどうにかして引き留めたくて、公比古は必死で考えを巡らせた。

こんなに恥も外聞もなく取り縋りたいと思ったのは初めてだ。子供の頃だって、欲しいものがあっても泣きわめいて訴えたことなんてなかった。諦めのいい、諦めることが苦にならない子供だった。

「俺、蛇に噛まれたんだ。そのままでいいの？　前の時は、浄化するって……」

自らの股間を手で押さえてそんな申告をする。恥ずかしい。みっともない。情けない。でも、触ってほしい。

「浄化なんて、本当は必要なかったんだ。あいつは強引に公ちゃんと縁を結んだだけ。だからそれを切るだけでよかったんだけど、それだけじゃ収まらなかった。蛇の体液が、僕らより先に公ちゃんの中に入ったのが許せなかった。嫉妬して、発情を止められなくなって……。でも、もう終わったから」

笑顔で終わったと言われてしまえば、浅ましくねだった自分が惨めで、消えてしまいたくなる。だけどここまで来て、おとなしく引くことなんてできない。

こちらを見ているようで見ていない愛介の腕を掴んで引き寄せた。

「もう、全然嫉妬はしない？　俺が誘っても発情しない？　どんなに引き留めても、そばにいてはくれないの？」

掴んだ手をやんわり外された。

「ごめんね。発情期が終わると、スッと冷めちゃうんだよね。ほら、縁の糸が切れた時みたいな感じ。公ちゃんも、達也くんみたいに正しい縁が結べるようになるよ」

「え……、縁を……糸を切るの？」

驚いて今度は幣介の腕を掴んだ。しかしそれも解かれる。

「切る。それがけじめだ」

「ひ、ひどい……ひどい、ひどい！　そんなの絶対許さない」

駄々をこねる。地団駄を踏む。見えない糸をなんとか守ろうとする。でもわかっている。どうやっても自分のわがままが通ることはない。もう命令したって従ってはくれない。

「大丈夫。公ちゃんはちゃんとやっていけるよ」

昔からよくそう言われた。公比古は放っておいても大丈夫。いい子だから。強い子だから。

「大丈夫じゃない、全然大丈夫じゃないよ。……せめて、見えるところにいて。普通にそばにいてくれるだけでいい」

俯いて、涙を堪えてお願いする。でもそれも聞いてもらえない。

「……さらばだ、公比古」

幣介の腕が首に回され、

「元気でね。公ちゃん」

愛介の手が髪を梳《す》き、両側から頭にキスされた。別れのキス。

公比古は両腕をその身体に巻きつける。絶対に放さないと引き寄せる。

しかしスルッと手応えがなくなり、変化を解いた狼が二匹そこにいた。居座るために狼になっていたのが、今は出ていくために狼になった。

白銀と黒の背中は玄関へと向かい、器用にそのドアを開ける。出ていく前に一瞬だけこちらを振り返って、そして闇の中へと消えていった。

公比古は呆然と立ち尽くし、バタンとドアが閉まる音に我に返った。追いかけようと足を踏み出す。

心は重く沈み、涙は溢れ、しかしドアに手をかけたところで、心がフッと軽くなった。

気持ちが、想いが、急速に遠ざかっていく――。それを取り戻そうと手を伸ばすが、なにも摑めなかった。

糸を切られたのだ。こんなにもあっさりと。別れて数分と経たぬ間に……。

喪失感の喪失。大事なものが失われ、その痛みすら奪われていく。

この感覚は知っている。知っているけど、前の時とは比べものにならない。達也には悪いけど、重みも種類もまるで違って、自分の中が空っぽになった気がした。

やっぱり、恋だったのだ――。

確信と同時に失ってしまう。心の軽さは救いなのか、絶望なのか。せめて胸の痛みくらい残してほしい。

残っているのは記憶だけ。熱く情熱的な夢を見ていたかのよう。

平凡だけど充実していた人生。そこに思いがけない大波がやってきて、攫《さら》われ、砕けて、引き潮、そして凪《なぎ》――。

盛り上がっていた気持ちは嘘のように引いて、心は平静を取り戻した。

忘れてはいないのに心が動かなくて、やみくもに走って心を揺らしたくなる。

寝室に逃げ込めば、大きなベッドはちゃんと存在していた。夢ではない。楽しかった日々が脳裏によみがえって、涙が頰を伝うのに、恋しいとか、寂しいとか、そんな明確な感情は生まれてこなかった。

「くそ、なんだこれ……」

心を失ったかのようだ。

今回はご縁がなかったということで――唐突にあっけらかんとした声が頭の中に聞こえ、思わずクスッと笑う。笑うことはできるらしい。

「風呂に入って寝るか……」

溜息をつき、無人のリビングを通って風呂場へ。冷えた空気と空っぽのバスタブ。自分で湯を張るのはちょっと面倒くさいな……なんてことを思った。


日々は淡々と過ぎていく。心は凪《な》いだまま。

一週間も経つと、夢だったのだと思うことになんの支障もなくなっていた。

相手は人ではない。獣だ、神様の使いだ。ずっと一緒にいようなどと、思う方がどうかしている。

寂しかっただけ……。きっとそうなのだろう。大型犬に懐かれたいという夢も叶い、身体の欲求も満たされ、互いに都合がよく、居心地もよかった。よすぎた。

それを二人は、縁の糸を切るという方法で強引に目覚めさせてくれた。

達也の立ち直りの早さに、実はたいして好きじゃなかったんじゃ……などと疑ったのだが、実際に糸を切られてわかった。プツッと気持ちが切れるのだ。泣くほど強い想いだったはずなのに。傷ついて落ち込む時間も、吹っ切る時間も必要ない。あっという間に立ち直る。

捨てられたのではなく、チャンスをもらったのだと思うことにした。

違う人生を生きるチャンスを。

女性を好きになって、楽しい結婚式を挙げ、子供を作り、よい家庭を築く。そんな平凡で幸せな人生。そうしたらいつか自分の子孫が二人を慰める日が来るかもしれない。

そう考えた時、チクリと胸が痛んだ。

でもそれもすぐに消える。

よい家庭を築くため、まずは仕事を頑張った。客とはまた楽しく会話できるようになり、自分の言葉がちゃんと相手に届くという、当たり前だと思っていたことの尊さを知る。

女性とはなかなか知り合えなかったが、それでも毎日は充実していた。二人と出会う以前のように。

「公比古、こないだの合コンどうだったんだよ？　可愛い子、揃ってただろ？」

「あ、うん、可愛かったよ」

「可愛かったよ、じゃねえよ。俺は公比古のために、浮気を疑われながらも女たちに声をかけまくって、おまえを売り込んだんだ。当のおまえが傍観者でどうすんだよ」

「うん、ごめん。ありがたいんだけど、なんか他人事なんだよなあ。この子とこいつは合うな、とか思って、こないだも一組くっつけちゃった」

「どこの世話焼きばばあだよ。俺はおまえのためにセッティングしたんだぞ。押しのけてでもいけよ」

「うーん。どうも心が動かないんだよなあ……」

まだ人の世から離れている部分があるのか、恋愛面だけはどうもうまくいかない。心がまったく波立たないのだ。

「公比古、おまえさ……、男が好きってわけじゃないんだよな?」

「え? あ、うん、ないと思う」

達也の聞きにくそうな問いに、あっさり答える。

「あいつらが、特別だった?」

「うーん、どうなんだろ。あいつらはなんにせよ、普通じゃなかったから」

男とか女とか、そんな重要なことも気にならないくらい普通ではなかった。

「だよなあ。おまえとはまったく釣り合ってなかった。男ってだけでもあれだが、めっちゃ格好いいし……俺はマジ焦った」

「俺もびっくりしたよ」

顔を見合わせて笑う。互いに夢のできごとだったように感じているのがわかった。

「急に田舎に帰っちまうなんてな」

達也がボソッと言った。そういうことにしたのだ。

「元々こっちに来てるのがイレギュラーだったんだよ。ちょっと社会勉強、みたいな感じ?」

「どこの王子だよ」

「そう。王子の休日だったんだ。世俗にはわりと詳しかったけど。身分違いとかまあ、そういういろいろな障害により、結ばれない運命だったわけ。俺はこれから真っ当に生きていくよ。おまえみたいに、可愛い嫁と娘が欲しい」

「そう言うから合コン手配してやったのに。口だけじゃん」

「ごめん……。でもそのうち、縁があればきっと……」

笑う公比古を見て、達也は溜息をついた。


そうして二ヶ月が過ぎた頃、公比古は神社にやってきた。壊れてしまった拝殿の扉はまだ仮設状態。賽銭を入れて、お参りをする。

「賽銭はもっとはずんでもいいのではないか?」

声がして、顔を上げれば白い狩衣姿の男が立っていた。

「おぬしのところの犬が壊したんだからな」

「元はといえばあなたのせいでしょう。二人は俺を助けてくれたんだ」

そう言い返したが、公比古は千円札を一枚追加した。こちらに責はないと思うが、氏子さんや神社関係者にしてみれば、突然降って湧いた災厄《さいやく》。費用の捻出に頭を痛めていることだろう。

「なにをしに来た？　私と戯《たわむ》れに来たわけではなかろう？　狼どもは私が結んだ糸も切っていったからな」

「あ、そうなんだ……気づかなかった」

切れても気づかぬ程度の縁だったのは間違いない。

「ま、まあよい。もう一度噛んでほしいというなら、それは叶えてやらなくも……」

「噛んだら神社を爆破します」

「なんと罰当たりな」

「うん。そんなことはしたくないから噛まないで。今日はビジネスの話をしに来たんだ。ここは宮司《ぐうじ》さんがいらっしゃる？」

「まあ、掛け持ちの宮司だが、そこの社務所にいるはずだ。しかしビジネスとはなんだ？」

「ここで結婚式をさせてもらおうと思って。縁結び、夫婦和合の神社、なんでしょう？」

「いかにも。おぬしが結婚するのか？」

「違います。ビジネスだって言ったでしょう。神社での結婚式をしたいっていうお客さんに、ここを勧めようと思って。拝殿は広かったし、夫婦《めおと》杉だっけ？　あの前で写真を撮るのもいい。緑に囲まれてるけど山奥ってわけじゃなく、駐車場も広い。ちょっと手を入れれば小さな結婚式はできると思うんだ」

「なぜだ。おぬしは私を嫌っているのではないのか」

「別に嫌いだとは思ってないよ。神社のために一所懸命なんだってことは伝わってきたし。嚙み癖のある変態だとは思ってるけど」

「なにを⁉」

「優秀な神使がいる神社は御利益《ごりやく》がある。そう思ってるんだけど、違う？」

「それはその通りだ。うちはものすごく御利益がある。狼のところなんかの何倍もな」

己の感情に素直になれないらしい蛇だが、反応は素直でわかりやすい。愛介などは手のひらの上で転がしていたのではないかと思う。

「俺、神社復興を趣味にしようかと思って。あっちの神社はもう落ち着いたから」

二人がいなくなって、浮かれた客は一気に減った。しかし、縁切りに関しては御利益があると、これまた口コミで噂《うわさ》になって、本当に困っている参拝者が増えた。これが本来の神社としてあるべき姿なのだろう。

愛介と幣介はちゃんと仕事をこなしているようだ。公比古の前には一切姿を見せないが。

「愛介と幣介と、最近会いましたか？」

蛇に訊いてみる。

「会うわけがなかろう。私は嫌われておる。昔から嫌われておったが、今回のことで決定的に嫌われた。まあ、別によいのだが」

しょんぼりしている。やっぱりわかりやすい。

「愛介たちは、嫌な奴だとか変な奴だとは言ってたけど、嫌ってはいなかったよ。今回のことは……怒ってたけど、どっちかっていうと自分を責めてる感じで、嫌ってはないと思う」

「誠か⁉　あ、いや、別に嫌われてもかまわないのだが」

ムッと口をへの字に曲げ、しかし口角が上がっている。わかりやすすぎる。嫌な奴でも嫌いになるのは難しい。

「奴らは今、自主的に謹慎している」

「自主、謹慎？」

「頼まれもしないのに糸を切ってはならぬのだ。私も勝手に結んだから謹慎しておる。謹慎といっても神社から出ないだけで、会いに行けばこのように、会えるぞ」

「そっか……。でも俺、勝手に切ったのはちょっと怒ってるし。……会いにはいかない。もう、会わないよ」

「そうか」

二人への感情がずっと凪いだ海のようなのは、糸を切られたせいだ。だけど、切られたことへの怒りはある。それは切られた後の感情だからだろう。とはいえ、さざ波程度のものだ。

心がすっかり不感症になってしまった。

困ったことに、女性に対してもあまり感情が動かない。結婚しようと、一応思っているのだが……。

こればかりは「縁」なのだろう。

「蛇さんって、結婚式の神主はできないの？」

「私にできぬことなどない。が、そのような俗なことはせぬ」

「えー。やってくれるなら、うちの社長に頼んで、あの格子戸も拝殿の中もきれいにしてもらえるんだけどなあ……。蛇さんなにげにイケメンだし、神主姿も格好良くて、愛介たち並みに人気が出るかも。そしたら参拝客も増えるだろうなあ」

「……その手は食わぬ。それに神主というのは資格がいるらしいぞ。そんなもの私は取ってはおらぬ」

「そっか、資格……」

神使に結婚式をやってもらえたら、それが一番ありがたい気がするが、ビジネスである以上、無資格者を使うわけにはいかない。

「ここはちゃんと縁結び神社だし、夫婦杉をパワースポットにして、あ、そうだ！　白蛇を見たら幸せになれるって噂を蒔《ま》くのはどうだろう。今度の結婚式の時に出てきてよ。それを写真に撮って拡散するから」

「わ、私を客寄せパンダにするつもりか⁉」

「そういう言葉は知ってるんだ……。でも、パンダなら客も来るけど、蛇じゃ無理かー。だよなー。別の手を考えるか」

「待て。私は白蛇の中でも金に輝く美しさを褒め称《たた》えられている稀有《けう》な白蛇だ。それをパンダごときに劣るとは、聞き捨てならぬ」

「じゃあ試しにちょっとだけ出てきてみてよ。高貴な輝きを褒め称える文章を書くから。それで参拝客が増えなかったら、パンダの勝ちってことで」

「な、なにを……」

「そうだ、人がいっぱい来ないと、負けちゃうんじゃない？　今年の参拝客ダービー」

毎年、二つの神社の客の数を集計して、わざわざ「今年もうちの勝ちだな」と言いに来るのだと言っていた。どうやって集計しているのかは知らないが、たぶんその数字に嘘はない。そんな気がする。

蛇男は悔しげに唇を噛んだ。今のところ圧倒的に負けているのだろう。

「白蛇でちらっと出るだけだぞ。あの狼どものように女に媚《こび》を売るなどできんからな！」

「いいよ、そんなことしなくて。あれは……気分よくないから」

白蛇と手を組み、神社の復興に手を貸した。前の時と同じようにホームページを開設したが、蛇に頑《かたく》なに顔出しを拒否され、なにか売りはないかと考えて、物知りの蛇に聞いたいろんな話を、読み物としてアップしてみた。顔で女性客を呼ぶよりはかなり地味だったが、これはこれで面白がってくれる人がいて、ホームページの閲覧数は徐々に増えている。

仕事の方でも神社を使えるように手配して、格子戸を新調し、拝殿の中で親族参加の結婚式くらいは行えるよう手を入れた。費用はほとんど社長が出してくれた。

頼んだ時には、さすがの社長も難色を示したが、ここは縁結びの霊験あらたかな神社なので、お布施のつもりで……と言ったら、わりとあっさり出してくれた。

社長はずっと独身だが、長い片想いをしている。相手は取引先の社長で、数年前にバツイチになった。しかし自分より十歳以上も若いため、「見ているだけでいいの」と、らしくもなく奥ゆかしい乙女のようなことを言う。しかし公比古の目にはお似合いに見えていた。

そうしてバタバタと半年が経ち、二人が付き合いはじめたのは神社の御利益か、そうなる運命だったのか。どっちにしろ縁があったということなのだろう。

一年が経つ頃に二人は結婚し、神社で結婚式を挙げた。もちろん公比古がコーディネートした。こぢんまりと雰囲気のよい結婚式、そして別荘でド派手な披露宴。社長らしいものになったと自負している。

ブライダルコーディネーターとしての仕事はすこぶる順調だった。そして、趣味にした神社の復興も、どちらの神社もそこそこ順調だった。一気に増えた分の参拝客は一気に減ったが、御利益は正しく認知され、知名度も上がり、以前とは比べものにならない数の参拝者が訪れるようになった。

今もホームページはまめに更新しているので、その度に二人の写真が目に入る。笑顔と仏頂面。美形と男前。

客観的にそれを見ているつもりだった。最初の頃は、感情を伴わない涙が流れたりもしたけれど、もうそれもなくなった。

だけどなぜか境内に足を踏み込むことができず、清掃の手伝いもできなかった。その代わりに氏子たちの集落を訪れ、家のことを手伝った。

月日が過ぎれば記憶は薄れていく。それに伴う感情だって薄れていく。だから人は時の流れに期待する。この辛さが、苦しさが、少しでも薄れてほしいと……。

でも公比古は取り戻したかった。たいして遠い記憶でもないのに懐かしくてならなくて、ここにその血を感じさせる者が現れたら、近づきたくなってしまうだろう。

でも、それでは結局「寂しいから……」と同じことを繰り返しただけになってしまう。

だからまったく関係のない縁を求め、紹介された女性と付き合った。楽しいこともあったし、可愛いなあとか、愛しいなあとかいう気持ちが湧いたりもした。

でも、薄いのだ。気持ちが浅いのだ。心の不感症はまだ完治していないらしい。

「ふられました……」

結果、そういうことになる。当然といえば当然の結末。

それを居酒屋の片隅で、優美と留美、そして達也に報告した。ああやっぱり……という優美と留美の顔。隣の達也もきっとそういう顔をしているだろう。

その報告をするために集めたのではない。招集をかけたのは優美で、手始めにライトな話題をというように話を振られて、仕方なく答えたまで。

「公ちゃんさー、全然傷ついてないでしょ？」

「ん？　そんなことはない、けど……まあ、縁がなかったのかなって……」

「だよね、そのテンションだね。最近の公ちゃんは。このままいくと、一生独身だよ？」

「うん……縁がなければしょうがないよね」

「公ちゃんは縁に頼りすぎっていうか、流されすぎじゃない？　縁があっても、引っ摑んで引き寄せなきゃ自分のものにはならないのよ。目の前にある大事な縁も、気を抜いてたらなくなっちゃう。……前にね、愛介さんに言われたの。今ある縁を大事にしろって。無理に他の縁を結んでも、歪んだ縁では幸せにはなれないよって。ドキッとしたのよね、内心」

「へえ、愛介がそんなことを……」

「公ちゃんもそこにいたけどね。素直になれって言われても、その時は、だって無理なんだもんって思った。でも結局、目を逸らす方が無理だった。あのね、私、留美と付き合ってるから。私たち、恋人になりました！」

意を決したように言って、優美は留美の手を握った。留美は照れくさそうに、でも幸せそうに微笑む。

男二人は、ただただポカンとするだけ。

「もうね、逃げるのやめにしたの！　常識がなんぼのもんよ。出会わなければよかったなんて思えないし、思いたくないし、だったらもう出会ってよかったって思えるようにするの。腕ずくででも！」

優美は鼻息が荒い。口にするのに勢いが必要だったのだろう。

「私はもう思ってるよ、優美と出会えてよかったって。これからもずっと、そう思い続けられる自信があるの」

留美はいたって穏やかに言った。

「留美ぃ、天使」

優美は留美を抱き寄せる。それを公比古は唖然《あぜん》と見つめていたが、

「よかった……よかったな」

ようやく口から言葉が出た。驚きが通り過ぎていったら、その感情だけが残った。

よかった。本当に。好きな人と一緒にいられるのが一番幸せに決まっている。たとえ人に後ろ指を差されることになっても――。

「ありがとう、公ちゃん」

「まあ、なんだ、あれだ、おめでとう、でいいのか？」

達也はまだ驚きを引きずっている。

「いいわよ。おめでたいもの。私と留美にとっては」

「じゃあ、おめでとう」

達也に言われて二人が嬉しそうに笑い、公比古と達也も笑った。

「だからね、あとは公ちゃんなのよ。達也は曲がりなりにも幸せだし、私たちも幸せっていう山道っていうか、崖《がけ》を登りはじめた。公ちゃんは今のままでいいの？　私には公ちゃんが、ボーッと突っ立ってるように見えるのよね。愛介さんたちがいなくなってからずっと、同じところに立ち尽くしているように見える」

「そんなことはないよ。俺だっていろいろ……」

自分ではいろいろとやっているつもりだった。仕事もプライベートも自分にできることはすべて、全力で。

「そうだね。頑張ってるよね。でも……視界、全然変わってなくない？」

「そんなこと……」

あの日、闇の中に消えていった後ろ姿。パタンと閉じたドア。

ずっとその景色が見えている。でも、目を逸らし続けてきた。見えていないと思い込んできた。

「私たちがそうだから勧めてるわけじゃないわよ？　なんだか抜け殻《がら》が頑張ってるみたいっていうか……。新しい縁を求めるのも前向きなんだと思うけど、ちゃんとケリをつけないと、公ちゃんはダメなんじゃないかなあって」

言葉がズキズキ胸に突き刺さる。不感症は治ったのか、わりと痛い。

「うん、ありがとう。優美は本当、言いにくいことをはっきり言ってくれる、すごいいい奴だよね」

「なんか今ちょっと嫌味挟んだよね？　公ちゃんそういうとこあるよね？」

「いやいや、全力で褒めたよ。ありがとう、優美。でも……終わってるんだよね……」

どうやってケリをつければいいのか。そのやり方がわからない。

「よし、じゃあ言いたいことは言った！　お祝いして！」

一方的にとんでもないカミングアウトをして、祝えと強要する。

「おまえらなあ……」

「いいじゃない。達也には結婚祝いも出産祝いもあげたもん！　私たち、出産祝いはもらえないから……」

手に入れたものと諦めたもの。きっと一番多くのものを手に入れられるのが、平凡な幸せなのだろう。それを諦めてでも二人は互いを手に入れたいと思ったのだ。唯一無二の相手を。

「わかったよ、奢《おご》ってやるよ。公比古、おまえはまあ……前払いだな」

「いいよ。お祝いするし、応援する。頑張れ。あ、でも、結婚式は挙げていいんじゃないか？　俺と最高の結婚式を考えよう」

「やっぱり、ちゃっかりしてるのよ、公ちゃんは」

「でもいいね。やろうか、結婚式」

そう言って笑い合う二人が微笑《ほほえ》ましく、少し羨ましい。そしてやっぱりこの仕事が好きだなと思う。

手に入れるものと諦めるもの。それについて考える。自分にとってなにが一番大事なのか。ひとつを手に入れるためにすべてを失うかもしれない。そのひとつさえ手に入れられないかもしれない。それでもと望むのか、諦めるのか。

自分が一番幸せになれる方法を考える。きっと二人はそれを望んでくれているから。


今の公比古にとって愛介と幣介は、長く会っていない初恋の人、みたいな感じだった。中学生くらいの時に熱烈に好きだったけど、十年くらい会っていなくて、今はそれぞれに生活もあり、仕事もある。それでも未だに気になって、心の奥深くに燻《くすぶ》っている。

実際には二年も経っていないが、気持ち的にはそれくらいのブランクがある感じだった。もう相手は違う人を好きかもしれない。自分のことなんて忘れて、面白おかしくやってるかもしれない。糸が切られたら感情までも切れてしまうのは、自分だけではないはずだから。

そんな相手のために、大好きな仕事を捨てられるのか……。

優美に焚《た》きつけられても、公比古はなかなか動けなかった。

ずっと同じ景色を見ているのは、感情がそこで断ち切られてしまったからだろう。傷つかなかったから、もがく必要も、逃げる必要もなく、目を瞑る必要さえなくて、ずっと一時停止の画面を見続けている。心もそこで停止してしまっている。

大事なものを失ったら、ちゃんと傷つくべきなのだ。

痛みから抜け出すために人は、足を踏み出したり、後ろを向いたり、目を瞑ってうずくまったり。そうこうしているうちに時は過ぎ、記憶は薄れて傷は癒《い》えていく。

糸を切られた公比古は、痛みすら曖昧《あいまい》で、直後から冷静だったから、もう十年も経ったような心持ちなのだろう。

二人にもらった生き直すチャンス。だから自分なりにできることをいろいろとやってみた。それなりに楽しく生きてこられた。二人に出会う前くらいには。

そこそこ幸せで、たまに不幸だったりもする平凡な人生が、自分にはきっと向いている。

でも、出会う前には戻れない。一時停止の画面を消すためには、それ以上に心を揺さぶるなにかが必要だった。

子供を挟んで奥さんと手を繋ぎ、並木道を歩く――そんなシーンでは消せない。大きなベッドで小の字になって眠る――そんなシーンがもう一度見たい。

記憶が薄れるにつれ、なぜか欲求は強くなっていった。

手に入れる覚悟。失う覚悟。それを固めて、自分から縁を結びに行く。結んだらもう切らせない。

次の別れには身を切られる痛みを覚悟する。


公比古は二年ぶりに神社の境内に足を踏み入れた。

誰もいない静かな境内。大銀杏《おおいちょう》の木は新しい葉をつけはじめ、桜は花を散らしていた。

風が強く吹いて、快晴の空を白い花びらが覆う。それが参道に、狛犬の背中に、鼻の先にも舞い落ちる。

手水舎《ちょうずや》で手と口を清めて、参道を歩けば、狛犬と狛犬を結ぶ糸がゴールテープのように見えた。相変わらずの太い糸に嫉妬のような感情を覚える。しかし輝きは翳《かげ》っている。そう見えるのは、希望的観測だろうか。

その糸を突っ切って、公比古は拝殿の前に立った。賽銭を入れて鈴を鳴らし、参拝する。

そして手を合わせて祈った。

『幸せに……なりますから』

祈りというより決意表明。縁切りの神には静かに見守っていてほしい。

まずはもう一度、縁を結ぶところから。

公比古は薄手のコートのポケットから飴を取り出した。猪鍋味の飴。前のはもう二人が食べ尽くしていたから、わざわざ取り寄せたのだ。

それを狛犬の口の前に持っていく。舐めない。

反対側。反応なし。

でも、ここにいるはずなのだ。糸が見えるのだから。

まだ自主謹慎中なのか。

公比古は意を決し、狛犬の頬に両手を当て、その口に自分の口を押しつけた。ゴツゴツと冷たい石の感触。

「ずるい！」

声がしたのは後ろ。振り返れば狛犬の横に幣介が立っていた。

「やっぱり公比古は僕が好きなんだな」

愛介も現れる。

「いや、どっちがどっちかわからなかったし」

「見ればわかるだろう？　頑なに口を噤《つぐ》んでるのが幣介だってことくらい」

「馬鹿みたいに口を開けてるのが愛介だってことくらい。……いや、わからなかったんだよな。わかってたら絶対、先に俺だ」

不満そうにブツブツ言っている。

その姿を見ただけで、びっくりするくらい心が揺れた。凪いでいた心が一気に高波に攫われた。

運命の相手と出会った時にビビビッと来るというのは、糸が結ばれた瞬間の衝撃を感じ取っているのかもしれない。

再び結ばれた縁に胸がいっぱいになる。

「なんで来ちゃったの、公ちゃん。楽しそうにやってたじゃない。仕事も、蛇とも、女の子とも……」

「え、見てたの？　やっぱり千里眼みたいな力が――」

「ないよ。……いや、あることにしとこうか」

「愛介はストーカーだ。俺はやってない」

「嘘つくな、幣介」

「ハハ、アハハハ……」

二人のやり取りを聞いているだけで幸せで、自然に笑いが込み上げてきた。単純だ。俺はここにいたい。二人と一緒にいたい、ずっと……。これ以上の幸せなんてない。難しく考える必要はなかった。いや、考えすぎた。必要な時間だったのかもしれないが、二年は長すぎた。人間の一生は短いのに。

「ごめんね、俺はきみたちの未来に子孫を残してあげることは、できそうにないよ。人の幸せは、よき家庭を作ることなのかもしれないけど、俺はそれより幸せになれることを見つけちゃったから」

吹っ切れた顔で言う公比古を、愛介は心配そうに見る。

「公ちゃん、でもね……」

「うん、わかってる。すっごく考えたし、いろいろ努力もしてみたんだ。でも、縁を切った後でその人が幸せになるかどうかはその人次第って言ってただろ？　諦められる人もいれば、諦められない人もいる。出会ったからには、出会う前には戻れない。どの縁を選ぶかは、俺の自由のはずだよ」

他の人生を選ぶチャンスをもらった。そして、自分で選んだのだ。

愛介の不安げな顔と、相変わらずの無表情の幣介。決定的に拒まれることも、もちろん覚悟して来た。それでも、平凡な幸せをまっとうする自分よりも、嘆き悲しみながらでも二人のそばにいる自分がいいと思ったのだ。

「俺はどういうわけか、きみらにはわがままが言えるんだ。俺はすぐおじいちゃんになって、すぐに死んでしまうだろう。でも、この命が尽きるまで、きみたちの頭を撫で続ける。だからその時が来るまで、そばにいさせてほしい」

「でも公ちゃん、僕らはきみのそばにいると、その……」

「抱くぞ？」

言い淀んだ愛介の言葉を幣介が口にする。公比古は笑う。嬉しくて。

「いいよ。その気になる限りは抱いてくれていいし、出せる限りは呑ませてあげる。絶倫の神様の血が濃いんだから、普通の人よりは長くできると思うよ」

笑って、そして真顔で告げる。

「俺は生涯、きみらを抱きしめて愛し続けると誓う。愛介、幣介、俺と結婚してください！」

頭を下げて両手を伸ばした。どっちもなんて、なんて贅沢なのか。自分は今、人生で一番、傲慢《ごうまん》なことをしている。

「公ちゃん……本気？」

「冗談でこんなことは言わないよ。この言葉は絶対、一生に一度しか言わないと決めているんだ。もしふられても、もう誰にも言わない」

「後悔するよ？」

「するかもしれないけど、後悔くらいさせてよ。俺の人生なんだから」

なにを言われても、もう引く気はなかった。

「公ちゃんはクソがつくくらい真面目《まじめ》だからね。本当にずっと独りでいそうだよね……。じゃあ僕からも。僕の番になってください」

右手を愛介が握った。

「番は俺！　でもまあ、愛介はしょうがないから入れてやる」

左手を幣介が握り、グイッと引いた。公比古は二人の間に倒れ込み、しっかりと抱きしめられる。両側から。

公比古にとっては、愛介も幣介も唯一無二。欲張って寿命が縮んでも本望だ。

少しでも長くそばにいたいけれど。

「もし二人が嫌だって言ったら、蛇に無理矢理、縁を結んでもらうつもりだった。いろいろと貸しを作ったから。よかった、自分で繋げて」

「公ちゃんは本当、ナチュラルに計算高いよね……」

「いい人の皮を被った狼なんだよ。襲われるのは二人の方かも」

ガオ、とおどけてみせれば、愛介は笑ったが、

「食うか食われるかだな。油断しないのはいい狼だ。いい群れになる」

幣介は真顔でうなずいた。

「一番食われるのは幣介なんじゃないかな……」

「黒い奴は腹ん中が白いらしいよ」

公比古と愛介は笑い合い、幣介は怒る。

「俺が一番強い、黒い、食ってやる！」

縁は切れてもまた結べる。どの縁を選ぶかは結局、自分次第。自分で決めて摑み取ったものだから意味がある。

先に待っているのが幸せか不幸かなんて、それは神様にもわからないのだから。

抱きたいと言われて、公比古に異論はなかった。むしろ望むところだ。

しかし、神社の境内で、拝殿でも屋外でもいいぞと言われて、さすがにそれは辞退した。

「古来、交合は神聖なる儀式であり、今でも各地に男根や女陰が祀られている」

早くしたいらしい幣介はそう説得してきたが、納得はできなかった。

「いやそれ、男女の、でしょう？　いくら日本の神様がおおらかだっていっても、男同士を奨励はしないでしょ」

「禁忌だとも言ってないがな……。では、公比古はどこでしたい？」

「うちのベッドで」

帰るのに時間がかかるのが幣介は不満そうだったが、口には出さず、さっさと車に乗り込んだ。愛介は笑みを浮かべてやり取りを聞いていたが、運転席に座ろうとする公比古を助手席に追いやり、自分が運転席に座った。

「いや、免許持ってないよね？　俺が運転……」

「公ちゃんの運転はぬるいから。心配しなくていいよ、僕は万能だし、免許は作れる」

「作れるって……」

それは駄目なやつだと言おうとしたが、愛介は聞く耳など持たず、発車した。

運転は滑らかで、荒く、速い。どうやら帰るのに時間がかかるのが不満なのは、幣介よりも愛介だったようだ。公比古は自分の運転がぬるいなんて思ったことはなかったが、比べれば間違いなくぬるい。山道をあっという間に下りて、信号も操っているのではないかというくらいスムーズに街中を走り抜ける。

「公ちゃん、本当にいいの？　この世との縁が薄れてしまっても……。大好きな仕事ができなくなっちゃうよ？」

愛介は運転しながらそんなことを改めて問いかける。今さら止める気などないのは、その運転で明らかなのに。

「うん。そこは悩んだけど……。そばにいてしないっていうのは、俺も無理だし。すべてを捨ててても欲しいと思ったし。仕事で得られる喜びと、きみたちと生きる喜びでは、天秤にかけるまでもなく、きみたちの圧勝だったよ」

「孤立しても？」

「しないよ、孤立なんて。幣介も愛介もいるのに。二人もなんて、俺は欲張りで申し訳ないって思ってるよ」

普通、選ぶのはひとりなのだから、二人も選ばせてもらって不満などあるはずがない。

「どっちか選ばれても困るけどね」

「俺は困らないぞ」

「おまえ……自分が選ばれない可能性を考えてないだろ。はっきり言って、おまえより僕の方が断然お買い得だから。僕は幣介が選ばれないと可哀想だなと思って言ってるんだから」

「余計なお世話だ。そんなことは絶対ない」

対等に言い合っているようで、イニシアティブは常に愛介が握っている。

「面白い関係だよね、二人は。愛介の方が歳上なの？」

「そう。僕が先に拾われて、幣介は拾われた時子供だったから、僕が育てたんだ。子供の頃は可愛かったのに……」

「千年も前の、ほんの数年差だ。育ててやったっていつまでも……」

「親にとって、何歳になっても子供は子供って言うだろ？　千年経っても僕にとっては子供みたいなものだ」

それで二人の関係に納得がいった。愛介が主導して引っ張るけど、おいしいところは譲るのだ、いつも。護って、甘やかして、時に頭を叩く。普段はわがまま放題の幣介も、強く言われた時は逆らわない。

そうこう言っているうちに家に辿り着いた。公比古が運転する時の三分の二ほどの時間で。

「えーっと、風呂……」

公比古は玄関から風呂場に直行しようとしたが、

「公ちゃん、学習しようか。僕らにそんなの必要ないよ」

愛介に腕を引かれ、リビングを通り抜け、寝室に入る。

「だよね……」

知ってた。けど、一応言ってみた。現代の人間としては、そこは必要だと思わずにいられない。しかし自分の意見が通ることはない、ということも知っていた。

ベッドの脇に立てば、二人がかりで服を脱がされる。上も下も剝ぎ取られ、あっという間に全裸に。そして二人も一瞬で全裸になった。

筋肉量は幣介が多いかもしれないが、体格は愛介の方がいい。どちらも男としてはムッとするほどスタイルがよかった。肩幅の広さや、胸板の厚さや、足の長さ。なにひとつ敵うところはない。

知ってたけど。

愛介がベッドヘッドにもたれかかるようにして座ると、公比古を胸の上に引き寄せた。その胸の谷間に後頭部をつけて、脚の間に身体を収める。後ろから抱きしめられて、スタンバイオッケー。

これは幣介が入れる時の、いつものポジションだった。

「いいのか？」

幣介は一応訊いたが、受け入れる答えはたぶんひとつしかない。

「親は我慢するものだからね……譲ってあげるよ。いつものことだけど」

「……年寄りは気長だからな」

歳の差なんて、あっても十歳程度だろうが、たとえ千年経とうとその差は縮まらない。

売られた喧嘩を買ったという体《てい》の幣介の言葉に、気長なはずの愛介はムッとして、公比古の乳首を弄《いじ》った。とんだとばっちりだ。

「あ、ああっ……」

そんな雑な刺激に、感じすぎるほどに感じて声が出てしまう。ちょっと抓《つね》られた程度だったのに。

「あ、あ……」

余波でジンジンする。鈍感だと言われていたのにどうしたことか。久しぶりすぎておかしくなっているのか。

「公ちゃんの声、可愛くて好き。もっと聞かせて」

声が可愛いなんて、いまだかつて一度も言われたことがない。

「愛介、耳おかしいんじゃ……」

久しぶりでおかしくなっているのは自分だけじゃないようだ。

「公比古のここも、可愛くて好きだ」

幣介の便乗した台詞にムッとする。ここ、と言って幣介が触ったのは、股間ですでに元気になりかけていたものだった。そこが可愛いと言われて喜ぶ男はいない。

「幣介は老眼なのかな？」

そりゃあ二人の立派なものに比べれば可愛いかもしれないが、人間としては普通サイズだ。

「俺は年寄りじゃない。今から証明する」

そう言って幣介は、公比古の脚を両側に大きく開かせて、その中央のものを口に含んだ。

「あ……」

一瞬、わざとなのか牙が当たって、ヒヤッとする。

「嚙まないで……」

思わず言えば、咥《くわ》えたまま幣介がなにかを言った。それを愛介が通訳する。

「嚙まない、だってさ。そういえば、蛇に嚙まれたままだったね。浄化しないと」

「いらないって、言った……ぁっ……」

愛介の言葉に呼応するように幣介が強く吸って、それだけで持っていかれそうになる。

「あの時はね。きれいにしたかったけど、そんなことしたら離れられなくなっちゃうでしょ？公ちゃんのために心を鬼にして我慢したのに。なんで奴との糸がこんなに育ってるのかな？切っていい？」

愛介は空中のなにかを引っ張る素振りをした。ものすごく雑に扱う。

「ダメ、だよ……」

「なんで？　こんなの一嚙みだよ。いらないでしょ？」

「ダメ。勝手に切ったら、謹慎……は、困る」

「謹慎なんてもうしないけど。公ちゃんが切ってって言えばいいだけだよ。蛇が調子に乗って、公ちゃんのことを報告に来るのが、本っ当にウザくて、何度ぶつ切りにしようと思ったことか」

蛇への募る怒りを、乳首を抓んでぶつけられる。幣介にもまた甘嚙みされて、ビクッと背をのけぞらせた。

「あんっ……あ、あぁ……」

痛いのが気持ちよくて、後ろから抱きしめられるのが心地よくて、甘やかされ放題の子供にでもなった気分だ。

「あいつは寂しいんだって、愛介が言った……」

「あいつの寂しさなんて、放置でいいんだよ。嚙み癖のある馬鹿蛇なんだから。好みの首筋とか見ると、考える前に嚙む」

「でも、憎めない、でしょ……？」

実際何度も嚙まれそうになったが、もう来ないよ、と言っただけで、開いた口を閉じる。

「今は憎める。あんなの懐かせるなよ、公ちゃん」

愛介は後ろからギューッと抱きしめて、首筋に顔を埋めて甘噛みする。癒すようにペロペロ舐めて、また強く吸う。痛いのとくすぐったいのと気持ちいいのがごっちゃになって、公比古はわけもわからず首を横に振る。

「あ、だって……俺、には、蛇しかいなかっ……た、からっ、おまえたちのこと、教えてくれる、のっ」

貴重な情報源だった。寂しがり屋の喋りたがりなので、近くにいれば訊かなくてもベラベラ喋ってくれる。

「僕らと繋がってたかった？」

「そうだった、みたい……意識はしてなかった、けど……やっ、あ、幣介っ、あ、あっ」

舌を絡ませて吸い上げ、そして舐める。そのコンボに腰が浮いて、身を捩る。

本当に久しぶりで、強烈なほど気持ちいい。

「そんなこと聞いたら、ご奉仕したくなっちゃうよ。まあ、おとなしく感じてて。暴れてもいいけど」

上半身担当の愛介は、ねっとり優しく、時々痛みを挟んで、とにかく甘やかす。

下半身は幣介に逸る心のまま攻められて、息つく間もなく頂点へ駆け上がる。

「や、あ、気持ちい……好き、あ、ぁ……好き、好き……」

今まで口にしなかった言葉が堰《せき》を切って溢れ出し、そればかりが零《こぼ》れ出る。

二人が堪《たま》らなく好きだ。

「うん、僕も好きだよ、公ちゃん」

こめかみにスマートなキス。

「ふぅ……俺……もっ！」

咥えたまま訴えてくる男前。格好いいのに可愛くて、やっぱり好きだと思って、その髪を梳く。が、すぐにその髪を摑んで、グッと耐える。

先端をチロチロ舐められると、全身に震えが走って、出そうになった。

「ん、あ、もうイッちゃ……、あ、ぁんっ」

堪えようとするのに、乳首を揉まれてグリグリと押し込まれ、波状攻撃に敗北する。

「いっ、あ、あん……っ」

甘やかされると、声まで甘くなってしまうのか。しかし溜まっていたものは、声に反して勢いよく飛び出した。

それをきれいに呑み干され、溢れたものまでペロペロと舐めとられる。

「んっ……幣介、ちょっ、あ、もう……」

公比古のそれは舌に反応してヒクヒクと動き、まだ少しも萎《な》えていなかった。

幣介の舌はさらに下に、後ろへと滑り、脚を持ち上げて、キュッと窄《すぼ》まったところを舐める。

「え？　え？　順番、とかは……？」

振り仰いで愛介の顔を見る。愛介は、しょうがないな……というように苦笑していた。

「もうなんか、これは聞こえてないよね」

そんなにがっついてもらえて公比古としては嬉しい限りだったが、相手がひとりではないから心配になる。平等に……と自然に思ってしまうのだ。

だけど二人は滅多に揉めない。その辺はもう本当に阿吽《あうん》の呼吸というか、公比古にはわからない駆け引きがあるようだった。だいたいは愛介が余裕を見せて引くが、ごく稀《まれ》に幣介が譲ることもあって、それはどうやら愛介がどうしても譲れないという気を発している時らしい。本気かどうか、瞬時に感じ取れるのは、さすがとしか言いようがない。

そこに割り込もうなんてことは思わない。

自分は自分のやり方で、二人と交わる。「公比古は公比古だ」と言ってもらったから。

愛介の余裕は、やせ我慢の場合も多い。公比古の背中には今、やせ我慢の証ともいえるものが強く押し当てられていた。熱く硬いものが、背骨にグリグリと押しつけられ、乳首を弄るくらいでは収まりがつかぬのだ、と訴えてくる。

「愛介、ちょっとずれて……」

脚は幣介に摑まれて押し上げられ、腰を支点に尻《しり》を幣介の眼前に晒《さら》している。だから愛介のそれは肩甲骨の間あたりに当たっていて、ちょっとずれて上半身を捻ると、それは公比古の目の前に来た。

背中の鈍い触覚でも感じられた昂りは、想像以上に猛々しく、思わず息を呑む。目の前で見るべきものではなかった。

「どうしたの、公ちゃん。視姦？　感じちゃうよ」

愛介はまだ余裕を見せている。

ヒクッと動いたそれを片手で摑んだ。

「上手じゃないと思うけど……」

上目使いに愛介を見上げてそう前置きし、思い切って口に含んだ。

「公ちゃん⁉」

珍しく愛介が驚いている。襞《ひだ》を舐めていた幣介の舌もしばし止まった。公比古は無心にそれを舐める。

根元まで口に含むどころか、先っぽを全部口に収めるのだけで精いっぱいで、鈴口を舐めるか吸うかくらいしかできることがない。間違いなく下手くそだ。自分にできることを、といっても、これではできていないのと変わりないのではないか。

愛介の顔を見上げれば、頰に手を添えられ、愛《いと》おしそうに見つめられていた。

慈愛に満ちた母のような、優しい兄のような、幸せな子供のような……その表情は公比古の目頭を熱くさせた。こんな表情をさせたことが誇らしく、そんな眼差《まなざ》しで見つめてもらえることが幸せで、照れくさくなって目を伏せた。赤い顔をして、一所懸命ただ舐める。

幣介も舐めることを再開し、さらに指を中に入れてきた。

「あっ……ん……」

思わず口を離して、歯を食いしばる。久しぶりの違和感。

「公比古……俺も舐めてほし……けど、もう、入れたい」

それは指を抜き差しするスピードで伝わってきた。気が急いているのがよくわかる。早く早くと、二本の指は広がったり、中で折れたり、やや強引にそこを緩めにかかる。

「幣介、焦るな。……と言っても、無理か」

愛介は呆《あき》れたように言って、溜息をついた。

最初の時よりも余裕がない感じがする。といっても、最初の時のことは、ギチギチできつかったくらいしか記憶にないのだ。気持ちよさよりも恐ろしさ、だけど相手のすべてを受け入れることができる喜びもあった。

「い、いいよ……入れても。あ、でもそこに……ローションがあるから、使ってくれると……」

「ローション？」

ベッドサイドの引き出しに手を伸ばしたのは愛介だった。取り出して、じっと見る。

「潤滑剤ね。買ったの？　公ちゃんが？」

「うん。……男は濡《ぬ》れないから、そういうのがあるといいって書いてあって……。でも、それが届くより前にしなくなったから、使ってないんだけど」

言ってるうちに顔が赤くなる。こんな体勢で今さらだが、恥ずかしくなって顔を背《そむ》けた。

買うのもかなり勇気がいったのだ、通販だったけど。しかも商品が届いた時にはもう必要がなくなっていて、空しくなって引き出しに突っ込んだままになっていた。

そのボトルを手渡された幣介は、鼻を寄せてクンクンと匂いを嗅いでいる。

「あ、匂いとかダメなら、いいけど」

並外れた嗅覚のことを忘れていた。人間には無臭で無害でも、なにか障《さわ》りがある可能性もある。

「いや、公比古が使ってほしいなら使う。でもうまくはなさそうだ」

「そりゃ食べ物じゃないからね。あ……でもやっぱりいいや。使わなくていいから」

潤滑剤といえど、間に介在するものが邪魔なような気がしてきた。

「なんで？　せっかく買ったのに……。気持ちよくなりたかったんでしょ？　公ちゃんが気持ちよくなることなら協力するよ、もちろん。ねえ、調べた時、他になにか書いてあった？　やり方とか、咥え方とか……」

「な、え、そ、そんなの……見てない。愛介は現代に馴染《なじ》みすぎだよ」

耳まで真っ赤になってしまった。実は見た。その時はなるほどと思って読んだが、もうなにも覚えていない。

尻にぬるっとした感触がしてハッとする。潤滑剤が塗られ、指が中に入ってきた。それをぐるりと動かされ、ゾクッとする。

「なるほど、滑るな。でもこれじゃ痛くないぞ?」

「その、俺が痛いのが好きだっていう思い込み、どうしたらなくしてくれるの?」

「事実だろう。でも、これなら早く入れられる。……入れるぞ、公比古」

幣介の声が低くなり、緩んだ空気がピリッと引き締まる。

「う、うん」

幣介のものがスルッと、というにはあまりに強烈な重量感で、メリッと押し入ってきた。潤滑剤なんて押しのけて、みっちり密着する。

「あ、ん……んっ……」

「公ちゃん……口がお留守なんだけど、僕のはもう放置?」

全身に力が入りまくっている公比古に、愛介は暢気にそんなことを訊く。

「ん、でも……噛んじゃう、かも」

「いいよ。公ちゃんの歯形とか、入れてもらえると思うとゾクゾクする」

「変た……い、……ぁ、あ、んっ」

幣介のがギチギチのまま、ぬるっと中に入ってくる。首を振れば愛介のものが目に入って、なにも考えずそれを口に含んだ。上の口も下の口も犯されている状態に、よくわからない悦びが込み上げてくる。

目を閉じて口の中のものに舌を絡めた。甘い……ような気がする。花のような芳香を嗅いだ気がした。

これが幣介の言う「うまい」なのだろうか。まだなにを呑んだわけでもないのだけれど。もっと口の奥へと招き入れようとしたのだが、幣介が深く入ってきて、そちらに意識を取られる。

「んっ……ん、んっ……」

脚を持って深く突かれ、揺さぶられて、舐めるどころではなくなった。

「あ、あ、あ……」

貫かれ、摩擦が起きて熱が生まれ、ぐちゃぐちゃに交わる。幣介の熱が、奥に奥にと入ってくる。

「公比古……」

クールな幣介の熱い声。違う選択をすれば、こんな風に名前を呼ばれることはもう二度となかった。このグレーの瞳に見つめられることも、一生なかったのだ。

「幣介……」

公比古も感極まって名を呼んだ。潤んだ瞳でじっと見つめる。

「僕を忘れるのは許しがたいな」

横から声がした。

「忘れてなんか——」

慌てて言い返そうとした耳元に、笑いを含んだ声で囁《ささや》かれる。

「幣介のこと、動けないようにギューッと抱きしめてて」

「え？」

なぜ？　と問おうとしたのだが、笑顔でウィンクをされ、とりあえずうなずいた。

幣介に向かって手を伸ばせば、幣介は疑いもなく覆い被さってくる。その身体をギュッと抱きしめた。

「よいしょっと」

年寄りじみたかけ声のわりには軽々と、愛介は公比古の背中を押して、身体を起こさせた。それに伴って幣介は押し倒される。いわゆる騎乗位。公比古に見下ろされる形になった幣介は、なにが起こったのかという顔をしている。

「公ちゃん、ギュッとね」

「うん」

言われるまま、公比古は幣介をギュッと抱きしめた。しがみついたと言った方が正しいかもしれない。

困惑しながらも、幣介がそれを拒むことはなかった。二人はずっと繋がったままだ。

その幣介の脚を愛介が持ち上げる。

「は？　な……なにしやがる、愛介!?」

驚きと怒りの入り交じった声。

「いいこと思いついたっていうか、僕も繋がろうと思って」

「な、なにを……」

青ざめる幣介を公比古は抱きしめる。愛介はローションを手にとって、二人の接合部から、幣介の秘部へ、指でなぞるようにして塗った。

「て、てめ、やめ……やめろ！」

幣介は公比古の肩越しに愛介を威嚇する。若干怯えているようにも見えた。

「安心してよ。幣介単体には興味ないから。公ちゃんを抱いてる幣介、だから……。ね？　こうすれば、繋がれるだろう？」

幣介が息を呑んで、愛介が中に入ろうとしているのだということが公比古にもわかった。

「ふ、ざけ……んぁっ……」

きつく眉を寄せ、痛がる幣介の顔に、公比古は何度もキスした。

その痛みが公比古にはわかる。しかもこんな不意打ちのようにやられたのでは、心の準備もなにもない。気の毒でならないが、ちょっと楽しい。

「公比古、ちょっと放せ。そいつをぶん殴る」

「ん？　嫌」

きっぱり拒否してギュッと強く抱きしめる。

「公比古！」

「公ちゃんに僕のまで入れるのは気の毒でしょ？　幣介がちょっと我慢すればいいだけだよ」

「じゃあ俺がおまえに……」

「あ、本当？　じゃあ僕が公ちゃんに入れていいんだ？　それならその方がいいに決まってる」

そう言われて幣介の眉間《みけん》の皺《しわ》はなお一層深くなった。天秤にかけてみて、でもなにかおかしいと思っているのだろう。

愛介は公比古もろとも幣介まで抱きしめて、腰を使いはじめた。それは公比古にも伝わり、まるで愛介に後ろからされているような気分になる。

「あ、クッ……動くな……」

きつく寄せられた幣介の眉間の皺にキスを落とし、舐める。男前は、痛がる顔も絶品だ。

愛介に入れられながら幣介を犯しているような、倒錯した気分になってドキドキする。

「幣介……可愛い」

公比古は思わず口にしてしまい、幣介に睨まれる。

「は⁉　ふざけんな！　愛介、抜け！」

「嫌だよ。三人、繋がってるのがわかるだろう？　こんな気持ちいいの、初めてだ」

愛介は恍惚《こうこつ》とした表情でいい、さらに激しく腰を使う。それを受けて公比古も身悶《みもだ》え、幣介はただ歯を食いしばる。

「僕は二人を愛してるから」

「俺、も、……俺も、好き……大好き、……愛介も、幣介もっ」

「俺は……っ、クソ、愛介おまえ、覚えてろ！」

もはや幣介はまな板の上の鯉。満員電車の中央部。自らの意思では動くこともままならない。

愛介が動けば、公比古は感じて腰を揺らす。幣介は息を呑み、時に小さく声を漏らす。

「あ、あんっ、愛介……あ、幣介、こんなの……すごっ、もうイッちゃう、イッちゃう！」

翻弄されて大きな声を上げていた。なにが気持ちいいのかわからないけど気持ちいい。

「いいよ。幣介も……イキそうなんじゃない？　すごい、締まる……」

「うるせ、おまえなんかで……っ」

幣介はなんとか抵抗しようとしたが、くっつく公比古を突き放すことはできず、諦めて公比古だけを抱きしめようとした。しかし公比古と愛介の間に手を入れる隙間《すきま》はなく、愛介ごと抱きしめざるを得なかった。

一つに繋がって、一つのかたまりになって、千年で一番という高みへと駆け上がる。

「あ、あ、いい……あ、ん、ああっ……！」

二人に挟まれて公比古は歓喜の声を上げる。種子を飛ばして身体を震わせ、それでも収まらず、何度も何度も身体が震えた。

痺れたような身体は、逞しくも熱い身体に挟まれて、尚も揺らされる。

「あ、もう……おかしくなる……あ、いや、……よすぎ、て、怖……よ」

「大丈夫だよ、公ちゃん。……僕らがどこまでも、一緒に行ってあげるから……」

「もう、放さない」

ギュッと抱きしめられて、心がフッと軽くなった。糸を切られた時の喪失の軽さとはまったく違う。糸が太くなって、支えてくれる者を得たことによる心の軽さ。

もう独りにはならない。唯一無二を二人も手に入れてしまった。その代わり、他はすべて失うことになるだろうけど。

たぶん、後悔はしない。

「ありがと……愛介、幣介」

どこまでも。この命尽きるまで……一緒にいると決めた。

二人の熱く荒い息を、前に、後ろに感じる幸せ。

公比古の脳裏に、今まで何度も聞いた誓いの言葉が浮かんだ。

――喜びのときも悲しみのときも……これを愛しこれを敬い、命ある限り、真心を尽くすことを誓いますか。

「誓います……」

そっと呟《つぶや》いた。ずっと言いたかったのだ。誓いに強制力なんてないと思っているけど。

誓いは、相手を雁字搦《がんじがら》めにする鎖《くさり》ではなく、温かい空気で相手をふわりと包み込む繭《まゆ》のようなもの。その中で一緒に、安心して眠りに就けるのがきっと家族なのだろう。

安心という点で、襲われた幣介は少しばかり不満があるかもしれないけど。

「僕らは三人で番だよ」

愛介の言葉に異は唱えなかった。

求められれば、公比古は際限なく与える。求めれば、当然のように与えられた。

失った時間を一夜で取り戻そうとするような濃密な時間が過ぎていく。それは長く、あっという間の時間だった。

終わった時には三人ともぐったり、精も根も尽き果てた状態。

しかし、愛介も幣介も狼には戻らなかった。抱きしめるには人間の長い腕が必要だったから。

ダブルベッドの繭の中、三人の獣は幸せな眠りに就いた。

結び

優美と留美が結婚式を挙げるというので、公比古はそれを最後の仕事にすることにした。

「よかったね、公ちゃん」

ウエディングドレス姿の二人にそう囁かれた。

「よかったのはおまえらだろ。こういう結婚式で、双方のご両親が祝福してくれるなんて、滅多にないぞ」

「うん、それは感謝してる。公ちゃんが一緒に説得してくれたおかげだよ。私たちにはこれ以上幸せになれる縁はないんだって、言ってくれたのはすごく嬉しかったんだけどね……。これを逃したら一生独り身かもって脅したんだって？　まあそれが効いたみたいなんだけど」

「いや、脅したわけじゃ……」

「反対されたらムキになって、駆け落ちするかもって囁いたらしいじゃない。よく知ってる公ちゃんの言葉だから、説得力があったって、うちの父親言ってたわよ？」

「え？　あ、独り言が聞こえたのかな……。でも、どっちのご両親も、子供の幸せを一番に願ってる人たちだったから、式にこぎ着けたんだ。世間体より、娘の幸せそうな顔が見たいって。……二人ともすごくきれいだよ」

まだ言葉が相手の心に届くうちに説得できてよかった。それまでちょっと控えめにしてほしいと、二人に頼んだ甲斐があったというものだ。

「そんなの当たり前よ。私も、私の留美もきれいに決まってるわ。そうじゃなくて、愛介さんと幣介さん、戻ってきてくれてよかったわねって言ってるの」

「え？　ああ、うん。縁は自分で捕まえろって優美が言ってくれたおかげだよ」

「末永く、お幸せにね」

二人にニヤッと笑われて目を逸らす。

「そ、それはこっちの台詞だからっ」

小さな小さな結婚式。みんな笑っている。

達也も、お腹の大きな奥さんと娘と一緒に、楽しそうにテーブルを囲んでいた。愛介と幣介も呼ばれて、彼らのテーブルにはやっぱり女性が集まるのだ。

小さな集まりでも、縁の糸は無数に結ばれる。どこにでもある縁の糸を、強く太い唯一の絆に育てることが結婚なのかもしれない。

公比古がプロデュースする最後の結婚式は、幸せな空気に包まれたままお開きになった。

「いい結婚式だったね」

二人と一緒に家に帰る。

「うん」

「今日から思う存分やっていいってことだよな?」

幣介がヌッと顔を寄せて確認してくる。

「うん、いいよ」

笑いながら答えた。

「優美ちゃんたちとも縁遠くなってしまうかもしれないんだぞ?」

「うん、覚悟してる。でもね、新たに縁を結ぶのは難しくなるけど、元々強い縁を結んでいた相手ならそんなに影響はないんだって、結目《ゆいめ》が言ってたよ」

心配してくれる愛介を安心させる。

「ゆいめ? 誰?」

「え? 蛇の名前だけど……覚えてないの?」

二人とも記憶にないという顔をしている。それはちょっとひどすぎやしないだろうか。

「なんで公比古が名前なんて知ってる。あいつ自分から名前は絶対言わないんだぞ」

「おぬしには特別に教えてやろうって、教えてくれた。結目が自分から名前を言わないのは、二人のせいだよ。幣介に、『女みたいな名前だな』って言われて、愛介に『結び目って……』って、鼻で笑われたんだって。すごくショックだったみたい。いい名前なのに、可哀想に」

ライバル視して突っかかってくるのは、なにも寂しさだけが原因ではなかったのだ。二人はまったく覚えていないようだが。

「そんなこと言ったか……？」

それも千年近く昔のことらしいので、しょうがないといえばしょうがない。それからずっと根に持っていた蛇も凄いが、ずっと蛇と呼んでいた二人も凄いと思う。

三人が帰り着いたのは、神社の麓《ふもと》にある一軒家。古い家だが、裏には畑もある。

「本当にここに住むのか？」

「うん。俺があの仕事を続けると会社の利益を損なっちゃうから。ここで氏子のひとりとして、畑を耕しながら生活する。宮元《みやもと》さんがね、三年住んだらくれるって言うんだ、この家。その代わり、神社守をしてくれって。そんなのするに決まってるよね。願ったり叶ったりだ」

ガラガラと音のする引き戸を開けると、広い土間。かなりすり減って節の浮いた上がり框《がまち》。

そして日本間。

古い農家の造りだが、一番奥まった部屋だけ床を補強して板の間に作りかえ、大きなベッドを置いた。もちろん愛介が買ったあのベッドだ。

「まだ減価償却できてないから」

「さらに倹約家になりそうだね、公ちゃん。でも……いい買い物だっただろ？」

そう言って愛介は公比古の身体を抱き上げて、ベッドに放り投げた。その上に幣介が覆い被さってくる。

「思う存分……」

「はいはい。まだ明るいんだけどね……」

「狼、そんなの気にしない」

順番も法則もなく、思う存分心のままに抱き合う。

絶倫な神様の血を引いていて、本当によかったと思う。問題は、体力だけだ。

きっと畑仕事で少しは鍛えられるだろう。近隣の老人たちの便利屋的なことも請け負うことにしている。そしてできれば、神主の資格も取りたいと思っていた。

未来は少しも閉ざされてはいない。失うものや諦めるものがあっても、新たに手に入るものもある。人生はたくさんの縁でできている。

ベッドの上で、二人との縁をさらに太く強くする。

その度に、この世のものとは縁遠くなるらしいが、それも受け入れてしまえば大した問題ではない。

「俺はここにいるのに、いるような感じがしなくなるんだよね……。それって、神様みたいじゃない？　俺、神様になるのかな」

古い竿縁《さおぶち》天井を見上げて、公比古はそんなことを言った。体力を消耗しすぎて、思考がおかしなことになっているのは否定できない。

「いや、ならないと思う」

「でも、神様になれば、ずっと一緒にいられるよね……」

ボソッと呟けば、二人が耳をピンと立てた、ような感じがした。

「それだ、公比古。祀られるくらい凄いことをするか、祟《たた》りを畏《おそ》れられるくらい凄いことをするか、どっちかだ」

幣介が本気の勢いで提案してくる。

「それができれば、不老不死も夢じゃないね」

公比古は笑う。未来を恐れない。甘い夢を見続けるためなら、どんな辛い現実だって乗り越える。ひとりでも二人でもなく、三人だから……。

「公ちゃんは、僕らにとって神様だよ。優しくて強くて広い心を持った……平凡な人神様だ」

「じゃあ人神様から生涯でたった一つの命令。絶対に、たとえ俺のためでも、この縁の糸は切らないこと」

たとえ深い傷になっても、どんなに痛い思いをするとしても、心を、想いを失うのはもう二度と嫌なのだ。

「公比古は、やっぱり痛いのが好きか」

「違うから！」

公比古が睨めば、幣介は狼に戻った。そして懐に頭を突っ込んでくる。

「狼になればなんでも許されると思ったら……思ったらなあ……く、くそぅ……」

抱き寄せて、もふもふの毛に頬ずりする。

すると愛介も、無言で狼になって胸の上に頭をのせてきた。それも抱き寄せて、二匹の頭を撫でながら、その間に顔を埋める。

「卑怯者どもめぇ……大好きだ」

白旗を揚げる。

自分は神などではない。この世で一番幸せな敗北者だと思った。


結。

あとがき

もふっとこんにちは。作者の李丘那岐です。

このたびは「狼たちと縁結び」お買い上げいただき誠にありがとうございます。

もふもふ、好きですか？　最近はもふもふ花盛りで、私も一緒にもふっとしたい！　という思いから……だったかどうかは忘れてしまいましたが、狼さんを書きました。

え？　もう飽和状態ですか？　飽和……今、ビーカーの中でもふもふが溢れてる図が浮かんで、ちょっと幸せになりました。

溢れたっていいじゃない、もふもふだもの。

ということで、欲張って狼を二匹！　私史上初の3ピーッです。もふもふサンドイッチ！

そして、つるつるも出てきます。しかし私は蛇が大嫌い！　なので、蛇で触手プレイ的なことを書こうとしたのですが、無理でした。そこを断念した反動なのかなんなのか、悪役のはずの蛇が、あれ？　なんかこいつ……となっていき、今では○○な子ほど可愛いという親の心境になっております。しかも、蛇のイラストをいただいたら！　なんと素敵な‼　ということで、いつか彼が主役を張る日が来ればと、甘い夢を見ています。

でも、つるつるブームは来なくていいです……。

あ、狛犬についてですが、片方が獅子、片方が狛犬っていうペアが多いみたいです。阿吽の「吽」が狛犬で雌という場合が多いようで、だから幣介はあんなことに……。いや、雌というのは後で知ったので関係ないんですけど。もちろん「諸説あります」です。多様でいろんなものを認め合えるのが、日本の神様の素晴らしいところだと思います。

そして今回も、いろんなご縁に感謝。

駒城ミチヲ様。きれいで可愛く格好いいイラストをありがとうございます。大変ご迷惑をお掛け致しました。愛介の緩い感じが本当にイメージ通りで。蛇は想像の上を行きました！妄想を掻き立てられる素敵なイラストの数々、そして優しさをありがとうございました。

スーパー担当様、編集部様、印刷所様、他関係者の皆々様、この度は多大なるご迷惑おかけして誠に申し訳ございませんでした。ご尽力に心から感謝致します。

最後に読者様へ。どうか、この本との出会いがあなたにとっての良縁となりますように。この縁が続きますことを心から願います。もふ。

二〇一六年　そろそろ蛇が目覚めるのではとビクビクの春の日に……　李丘那岐

✦初出　狼たちと縁結び……………書き下ろし

李丘那岐先生、駒城ミチヲ先生へのお便り、本作品に関するご意見、ご感想などは
〒151-0051 東京都渋谷区千駄ヶ谷 4-9-7
幻冬舎コミックス　ルチル文庫「狼たちと縁結び」係まで。

幻冬舎ルチル文庫

狼たちと縁結び

2016年4月20日　　第1刷発行

✦著者	李丘那岐　りおか なぎ
✦発行人	石原正康
✦発行元	株式会社 幻冬舎コミックス 〒151-0051 東京都渋谷区千駄ヶ谷 4-9-7 電話 03(5411)6431[編集]
✦発売元	株式会社 幻冬舎 〒151-0051 東京都渋谷区千駄ヶ谷 4-9-7 電話 03(5411)6222[営業] 振替 00120-8-767643
✦印刷・製本所	中央精版印刷株式会社

✦検印廃止

ISBN978-4-344-83707-2　C0193　Printed in Japan